KB129416

나의
수호신
크리커

나의 수호신 크리커

이송현 장편소설

㈜자음과모음

차 례

버티는 자

✦
⋮

　책장을 덮고 가만히 엎드렸다. 열린 창으로 봄바람이 불어왔다. 바람 사이사이로 음식 냄새가 뒤섞여 있었지만 배가 고프지 않았다. 엄마의 기일이 다가오는 4월이면 늘 이랬다. 허기를 느끼지 못하는 증상이 당연한 것처럼 찾아왔다.

　고개를 옆으로 돌리자 푸른 하늘이 눈에 들어왔다. 간만에 미세먼지가 없는 날이라는 게 실감 났다. 구름 한 점 없는 하늘이 비현실적으로 느껴졌다. 철없던 어린 시절이라면 엄마가 하늘나라에서 살고 있다는 말을 철석같이 믿었을지도 모르겠다. 하지만 천국이니 하늘나라니 하는 소리를 믿기에 열일곱은 적당히 늙은 나이다.

　"이한조, 급식 먹고 한 게임 뛰자."

　권승재 목소리가 등 뒤에서 들렸다. 의자 끄는 소리가 나더니 녀석이 내 옆자리에 앉았다. 나는 미동조차 하지 않고 하늘만 멍하니 바라보았다.

"야, 비싸게 굴지 말고 실력 좀 보여 줘. 너 중학교 때 축구 신동이라고 소문났다던데, 어?"

나는 고개도 돌리지 않은 채 눈을 감았다. 녀석이 무엇을 원하는지 대충 짐작이 갔다. 축구는 핑계고 학기 초부터 권승재는 나에 대한 소문을 확인하고 싶은 것이다. 아이들이 뭐라고 떠들었을지 알 만했다.

'이한조, 전설의 주먹이지. 예전에 별 볼 일 없던 녀석이었는데 그 사건 때문에 불사신이 되었잖냐.'

'자기 엄마 피 빨아서 메가 핵급으로 다시 태어난 주먹이랄까?'

영혼을 팔아서라도 잊고 싶은 사건이었다. 엄마의 죽음에 원인을 제공한 자는 나였다. 아빠는 아니라고, 절대 그런 생각 하지 말라고 엄마의 장례를 치르는 날 굳은 얼굴로 내게 강조했지만 어쩌면 아빠도 나를 원망하는 마음을 떨치기 위해 주문처럼 그런 말을 읊조렸을지도 모른다.

나는 엎드린 채, 책상 아래 떨어뜨린 주먹을 가만히 쥐어 보았다. 손끝에 힘이 잠시 몰리는가 싶다가도 금세 주먹이 풀렸다. 태권도, 주짓수, 유도, 복싱까지 몸으로 하는 운동이란 운동은 다 섭렵했다. 미숙아로 태어나 인큐베이터 신세를 졌던 탓에 엄마는 내 건강에 유난히 신경을 썼다. 제 몸 하나 제대로 지키는 사내애가 되었으면 좋겠다는 엄마의 바람은 내가 중학생이 될 무렵, 어려움에 처한 주변 사람들을 도울 줄 아는 사람이 되는 것으로 확대되었다. 그리고 그것이 내 불운의 시작이었다.

책상이 흔들렸다. 권승재가 발로 내 책상을 툭툭 건드렸다.

"어라? 이 새끼, 이래도 안 일어나네? 이래도!"

녀석이 있는 힘껏 내가 엎드린 책상을 발로 찼다. 요란한 소리와 함께 책상이 확 밀려 나갔다. 책상 위에 있던 물건들이 우르르 바닥으로 쏟아졌다.

"오오, 이한조. 반사신경 대단한걸? 그렇게 움직일 줄 알면서 왜 내 말을 무시해, 어? 축구 한 판 하자는 게 그렇게 싫어?"

급식 먹으러 교실을 나가던 아이들이 우리 쪽을 흘끔댔다. 나는 앞으로 밀린 책상을 천천히 내 앞으로 당겼다. 그리고 바닥에 떨어진 물건들을 주웠다. 베고 누웠던 책을 탈탈 털었다. 햇살에 먼지가 날아다녔다. 나는 다시 책상 위에 엎드렸다. 권승재 무리가 온갖 욕설을 쏟아 냈다.

"야, 대답 안 할 거야?"

권승재가 웃음기 섞인 목소리로 말했다. 눈으로 확인하지 않아도 알 수 있었다. 교실 안에 정적이 흘렀다. 1학년임에도 불구하고 2학년 일진 선배까지 엉망으로 만들었다는 권승재의 일화는 유명했다.

3월, 입학한 지 얼마 안 된 시기였다. 쓸 만한 후배를 물색하겠다고 설치던 2학년 일진이 권승재를 알아보고 오라, 가라 했다가 "시발, 귀찮게 왜 자꾸 불러 대"라는 녀석의 한마디가 도화선이 되어 벌어진 싸움이었다. 2학년 선배는 곤죽이 되어 나가떨어졌 다. 전교를 떠들썩하게 만든 사건이었지만 체벌도 없었고 학폭위 도 열리지 않았다. 마치 아무 일 없었다는 듯 학교는 조용했다.

"저는 손 하나 까딱하지 않았습니다"라는 권승재의 대답이 그 를 살렸다는 소문이 돌았다. 실제로 녀석은 발 하나로 2학년 일진 을 제압했다. 권승재 무리의 말에 따르면 2학년 일진이 주먹을 인 정사정없이 휘두를 동안 녀석은 바지 주머니에 손을 넣고 그저 가볍게 이리저리 스텝을 밟다가 결정적인 순간에 발을 한 번 쭉 뻗었을 뿐이라고 했다. 어디까지 믿어야 하는지 알 수 없었지만 내가 신경 쓸 일도 아니니 아무래도 상관없었다.

권승재는 그렇게 손 하나 쓰지 않고 전교생이 인정하는 제왕이 되었다. 그런 권승재의 말을 꼬박꼬박 씹으니 아이들이 날 어떤 시선으로 볼지는 상상하지 않아도 가늠할 수 있었다.

목덜미로 끈적하고 뜨거운 체온이 맞닿았다.

"어라? 이 새끼, 이거 재밌네. 야, 이한조. 사내놈이 이게 뭐냐?"

권승재의 손길이 내 목덜미에 걸린 목걸이에 닿는 순간, 나는 몸을 일으켜 녀석의 손목을 움켜잡았다. 긴 목걸이 줄이 녀석의 손가락에 걸렸다. 줄 끝에 매달린 크리커가 공중에 대롱거렸다.

"놔."

잠긴 목소리가 허공을 갈랐다. 탁하고 낮은 목소리에 권승재의 입꼬리가 올라갔다.

"이한조. 말도 할 줄 알면서 왜 대답 안 했어, 어?"

피식거리며 웃는 녀석은 제 손가락을 구부려 내 목걸이를 더욱 옭아맸다. 나는 손에 힘을 더욱 바싹 주었다. 녀석의 손목을 부러 뜨릴 기세로 움켜쥐었다. 녀석의 손목이 빨갛게 변했다.

"놔."

크리커가 허공에서 위태롭게 흔들렸다. 엄마가 내게 남긴 유일한 물건이었다. 양궁 선수였던 엄마가 행운의 부적처럼 아끼던 펜던트였다.

"네가 먼저 놔."

나는 꿈쩍하지 않았다. 권승재 손아귀에 있는 크리커에서 시선을 떼지도 않았다. 권승재 무리 중 하나가 날 향해 욕을 내뱉었다.

"너, 권승재가 누군지 몰라? 죽고 싶냐?"

어딜 가나 똘마니들이 문제였다. 정작 제힘은 없으면서 남의 힘에 기생해 더 난리를 치는 녀석들. 권승재가 목걸이를 끊을 듯 잡아당겼다. 나는 고개를 들어 녀석의 얼굴을 바라보았다. 장난처럼 웃던 권승재의 눈빛이 서서히 변했다. 살기가 피어오르는 새까만 눈동자 안에 무표정한 내가 있었다. 크리커가 허공에서 미세하게 흔들렸다.

"이 작은 쇠막대기가 선물이라고?"

열네 살 생일날 엄마는 내게 자신이 아끼던 양궁에 장착된 크리커를 빼서 목걸이로 만들어 주었다. 공교롭게도 엄마가 뺑소니범을 잡은 날이었다.

"크리커야. 화살을 일정한 정도만큼 당기고 나서 활시위를 놓게끔 해 주는 장치지."

엄마가 손수 내 목에 걸어 준 목걸이였다. 어디로 튈지 모르는 나의 십 대를 위해 엄마가 만든 안전장치라고 했다. 활을 쏘는 사람이 자신이 당겨 놓았던 만큼을 알려 주는 장치인 크리커를 건네면서 엄마는 내가 무사히 좋은 어른으로 성장하길 바란다고 기도해 줬다. 제발 중2병 같은 건 모른 척 넘어가 줘, 하며 과장된 기도 포즈까지 내 앞에서 선보였다.

권승재가 졌다는 듯 손바닥을 쫙 폈다. 녀석의 손가락에 걸린 목걸이가 내 가슴팍으로 떨어졌다. 나는 목걸이 줄에 매달린 크리커를 교복 셔츠 안으로 집어넣었다.

"그 목걸이 뭐냐, 이한조? 애인이 준 거야? 말 한마디 안 하는 녀석이 그깟 목걸이에 내 손목도 부러뜨릴 기세다, 어?"

길게 늘어진 크리커가 교복 셔츠 안 가슴팍에 닿는 것이 느껴졌다. 빠르게 뛰던 심장이 서서히 제 박자를 찾았다. 나는 아무 일 없었다는 듯 다시 책상에 엎드렸다.

"승재야. 한조, 저 새끼 저렇게 까부는데 가만둘 거야?"

녀석의 무리 중 하나가 호들갑을 떨었다. 권승재가 제자리에서 미동조차 하지 않는다는 것이 느껴졌다. 내 뒤통수에 녀석의 시선이 흐트러짐 없이 꽂혀 있을 것이다.

"귀엽잖아. 오늘은 그냥 엎어져 있어라, 이한조."

권승재가 천천히 말했다. 이를 꽉 다문 발음이 등 위로 쏟아졌다. 녀석이 왜 순순히 후퇴하는지 알 수 있었다. 무리가 새로운 장난감에 눈을 돌렸겠지. 무리는 학기 초부터 우리 반 자타 공인 은따로 불리는 지승현에게로 몰려갔다.

"승현아, 점심 안 먹고 여기서 뭐 해? 학생이 때가 되면 밥을 먹어야지, 어?"

퍽. 소리로 가늠해 보니 단순히 장난으로 치부하기에는 제법 힘이 실린 펀치였다. 지승현의 참는 듯한 신음 소리가 들렸다. 녀석의 무리가 "쉬, 쉬, 조용!"이라며 키들거렸다.

나는 엎드린 채 가슴에 손을 슬며시 댔다. 엄마가 준 안전장치. 나는 더 이상 내 멋대로 튀어 나가지 않을 거다. 나의 섣부른 오지랖으로 엄마를 그렇게 떠나보냈으면 충분했다. 지승현의 신음 소리가 똑똑히 들렸지만 나는 미동조차 하지 않고 그저 가만히 엎드려 있었다.

4월 5일 식목일, 나무를 심는 대신 한 그루 나무 앞에 섰다. 일각암 뒤편에 자리한 소나무 숲은 혼자 조용히 있기에 최적의 장소였다. 선수 시절 엄마는 큰 경기 전에 종종 산사를 찾았다. 어처구니없는 것은 엄마가 천주교 신자라는 사실이었다. 묵주를 돌리면서 엄마는 산사를 산책하듯 걸었고 산사를 에워싼 숲길을 거닐었다. 천주교 신자가 왜 절에 가냐고 물었던 적이 있었다. 엄마는 방긋 웃으며 내게 말했다.

"이상하게 절에 오면 그 향냄새가 좋더라. 향냄새 맡으면 마음이 차분해져."

나는 소나무 아래 서서 심호흡을 했다. 식목일에 아빠와 소개팅을 한 엄마는 1년의 연애 끝에 그다음 해 식목일에 아빠와 결혼했다. 그리고 2년 전 식목일에 생을 마감했다.

"혼자 왔니?"

보현 스님이었다. 이 작은 일각암의 주지였다. 솔직히 승복을 입어서 스님이겠거니 하는 것이지, 승복을 벗고 거리에서 만난다면 흠칫할 만한 체격을 가진 인물이었다. 게다가 박박 밀어 버린 민머리 옆쪽으로 칼자국까지 흉터로 남아 있었다.

"놀랐잖아요. 스님, 축지법 배웠어요?"

"축지법 같은 소리한다. 밥은 먹었냐?"

이종격투기 선수 출신인 스님이라니! 187센티미터에 95킬로그램을 육박하는 큰 덩치를 가지고도 보현 스님은 늘 발소리를 내지 않고 걸었다. 내가 태어나기 전부터 엄마를 알던 사람이었다. 젊은 날, 방황하던 스님을 붙잡아 주던 사람이 엄마라고 했다. 각자의 사정으로 슬럼프에 빠졌던 두 사람이 서로 의지했을 것이라고 나는 어렴풋이 추측할 뿐이었다.

"네 엄마, 내가 중이 되겠다고 머리를 빡빡 깎을 때도 눈 하나 깜짝 안 하고 지켜봐 주던 사람이야."

보현 스님은 엄마를 소중한 친구라고 했다. 무서운데 위트가 있는 사람이라고도 평가했다. 그것이 어떤 느낌인지 알 것 같아서 스님의 말에 실웃음을 흘렸다.

나는 보현 스님 뒤를 따라 암자로 내려갔다. 엄마의 위패가 있는 명부전으로 가려는데 스님이 내 손목을 붙잡았다.

"밥 먼저."

내가 급식을 건너뛴 것을 목격이라도 한 듯 보현 스님은 끼니 먼저 챙겼다. 밥 때문에 이종격투기를 시작했다더니 그 말이 농담이 아니었나 보다. 스님이 기거하는 방은 주지 스님의 방이라고 부르기에 너무나 단출했다. 방 안에 가구라고는 나무로 만든 상 하나가 전부였다.

"자, 먹자."

양푼 한가득 밥을 비벼 왔다. 보현 스님은 내 손에 숟가락을 쥐여 주었다. 입맛이 없다고 핑계를 대 봤자 씨알도 먹히지 않을 것이다. 한 숟가락 뜨려는데 노릇하게 잘 튀긴 만두가 눈에 띄었다.

"이게 뭐예요?"

숟가락으로 만두를 들어 보였다.

"만두 아니냐, 튀김만두."

보현 스님은 비빔밥을 크게 한 숟갈 뜨더니 볼이 미어터지도록 밥을 밀어 넣고 씹었다. 누가 만두인 걸 모르나. 만두의 주재료가 무엇이냐는 말이다.

"만두 안에 돼지고기 들었어요. 아시죠?"

"그래서?"

보현 스님은 입가에 묻은 밥풀을 손으로 떼서 먹었다. 며칠은 굶은 사람처럼 어쩌나 맛있게 먹는지 엄마 기일이면 배고픔을 느끼지 못하는 나도 뭔가 씹어야 하지 않을까, 하고 머뭇거리게 만들었다.

"그래서라니요! 스님이 고기 먹어도 돼요?"

"야, 이 어린 중생아. 내가 언제 만두 먹겠다고 했냐? 네 거다. 다 내가 널 생각해서 튀긴 거야."

보현 스님은 만두 하나를 숟가락에 올리더니 코를 대고 킁킁 냄새를 맡았다. 그러더니 흐뭇한 미소를 지었다.

"히야, 꼬숩다. 네 덕에 기름 냄새도 맡고 돼지 냄새도 맡고. 우리 한조가 나한테 훌륭한 보시 했다. 열일곱은 만두를 먹어야 할 나이지, 암."

기상천외한 발언이었다. 엄마가 격투기 선수를 그만두고 승려가 되기로 결심한 보현 스님에게 처음이자 마지막으로 대접한 음식이 만두였다는 이야기를 해 준 적이 있었다. 스님은 선수 시절 하도 인스턴트 만두로 끼니를 때워서 냄새만 맡아도 어느 회사

제품인지 귀신같이 맞힌다고 자랑을 하기도 했다.

"기름 냄새 고소한 만두 먹고 튼튼하게 자라야 할 나이가 열일곱이다. 꽉꽉 퍼먹어. 만두 속 돼지고기, 어떠냐? 입에 착착 달라붙지?"

보현 스님이 독려하듯 내 등을 두드렸다. 엄마는 내가 밥 한 공기를 비울 때면 등을 두드려 주곤 했다. 맛있게 먹어 줘서 고맙다, 기특하다 등등의 의미가 담긴 손길이었다. 그 손길이 그저 아무의미 없는 습관이 아니었다는 것을 나는 엄마가 떠난 뒤에야 깨달았다.

"잘 먹어서 뭐에 써요?"

냉소적인 나의 반응에 보현 스님이 숟가락질을 멈췄다. 숭늉을 한 모금 마시더니 날 물끄러미 바라보았다.

"잘 먹어서 뭐에 쓰긴. 힘을 쓰지. 세수를 하고 똥을 싸고 길을 걷고 학교에서 공부도 하고 친구들이랑 뛰어놀고 집에 돌아가 집안일도 하고 기타 등등의 일에 힘을 쓰는 거지."

나는 할 말을 잃었다. 보현 스님의 말은 하나도 틀린 것이 없었다. 산다는 것은 힘을 쓰는 일이다. 하루하루를 살아간다는 것은 힘을 써야 하는 일이었다.

"다 먹었냐?"

"네, 잘 먹었습니다."

내 대답에 보현 스님이 눈을 찡긋거렸다. 개구쟁이 같은 표정에 하마터면 나도 피식 웃을 뻔했다.

"한조야, 부처님께서 말씀하셨는지는 모르겠고 〈아기공룡 둘리〉 만화에 이런 대사가 있지. '세상에 공짜는 없다.' 다 먹었으면 이제 밥값 하자."

양푼비빔밥 한 그릇에 나는 꼼짝없이 붙들렸다. 어차피 집에 간들 나 혼자였다. 오늘 같은 날은 혼자 있기 싫었다. 보현 스님이 그런 내 사정을 꿰뚫기라도 한 것처럼 한 무더기의 일감을 들고 왔다. 색색깔의 색지와 풀 그리고 정체 모를 둥근 틀을 내 앞에 내려놓았다.

"연등 만들자."

바구니에 들고 온 양을 보아하니 쉽게 끝날 작업이 아니었다.

"이걸 다 만들어요?"

"당연하지. 그럼 누가 만드냐? 밥값 하기가 쉬운 줄 아냐? 시작해, 어서!"

부처님 오신 날까지 아직 시간적 여유가 있음에도 불구하고 보현 스님은 날 재촉했다. 스님은 휴대폰 볼륨을 최대치로 키우더니 제대로 자리를 잡고 앉아 연꽃 틀에 분홍 색지를 하나, 둘 붙이기 시작했다. 휴대폰 화면에서는 UFC 경기가 한창이었다. 살과 살이 부딪치고 터지는 소리가 적막 가득한 스님의 방에 차곡차곡 들어찼다.

'불경에는 살생을 금하라 하지요. 모든 생명은 소중한 것입니

다. 나무아미타불 관세음보살.'

스님이라면 이래야 하는 것 아닐까? 힐끔거리며 화면을 보던 보현 스님이 아예 대놓고 한 선수를 응원했다.

"킥! 아이고, 도대체 킥을 어떻게 배운 거야? 한 방에 딱! 저렇게 나눠 끊으면 고통만 심하지. 한 방에 기절각으로 보내야지!"

누가 들으면 보현 스님의 정체를 의심할 듯한 멘트였다. 나도 모르게 넋을 놓고 스님을 쳐다봤나 보다. 스님이 색지 하나를 내 게 던졌다.

"빨리빨리 안 하고 뭘 보나? 그래 갖고 밥값 하겠어?"

"스님."

"뭐?"

나는 붉은 색지로 연꽃의 주름을 만들었다. 손을 움직일 때마다 작은 주름이 생겼다.

"어디 가서 한 방에 보내라느니, 기절각이니 그런 소리 하는 거 아니죠?"

"미쳤냐? 아무 때나 그런 소리 하게. 승려의 품격이란 게 있지."

기가 막혀서 코웃음이 다 나왔다. 고개를 절레절레 저으며 붉은 연꽃잎을 만들었다. 소복하게 쌓인 연꽃잎을 가지런히 매만졌다. 엄마가 꽃을 좋아했던가? 기억이 나지 않았다. 꽃잎은 모르겠고 크리커를 매만지던 모습은 또렷이 기억났다.

보현 스님이 내 곁에 바싹 다가왔다. 나는 기겁하며 뒤로 물러났다. 하지만 스님의 크고 단단한 손이 내 어깨를 잡아 눌렀다. 그 바람에 뒤로 발랑 넘어갔다. 스님의 얼굴이 점점 가까이 다가왔다. 질색하며 눈을 감는데 스님이 귓가에 속삭였다.

"한조야, 어디 가서 내가 이런 거 가르쳐 줬다고 말하면 절대 안 된다."

"뭐, 뭘요?"

그 순간, 보현 스님이 양팔로 날 뒤에서 껴안으며 매달렸다. 서브미션이었다. 한번 걸리면 빠져나가기 힘든 기술이었다. 숨통이 조여 오는 느낌이었지만 손으로 바닥을 치지는 않았다. 나에게 기권패는 존재하지 않는다. 쉽게 포기할 수 없다는 생각에 끝까지 버티기로 했다. 허리 반동을 이용해 몸부림을 쳤다. 교복 대 승복, 한밤의 대결이었다.

"기권?"

"절, 절대 아니거든요!"

"나무아미타불!"

뜬금없이 보현 스님이 몸을 풀고 합장을 했다. 어처구니없는 상황이 한두 번도 아닌데 매번 적응하기 힘들었다. 몸부림치는 바람에 접어 놓았던 연꽃잎들이 사방팔방으로 흩어졌다. 나는 숨을 몰아쉬며 흩어진 연꽃잎들을 소쿠리에 담았다.

"한조야, 맞고 다니지 마라."

보현 스님의 말에 나는 대답하지 않았다. 엄마는 내가 행한 폭력 때문에 돌아가셨다. 그 사실은 나도 알고 스님도 안다. 그런데 맞고 다니지 말라니! 나는 싸늘한 시선으로 묵묵히 연꽃잎을 접었다. 손끝에 힘을 주는 바람에 붉은 꽃잎이 찢어졌다. 찢어진 꽃잎에 미련이 남은 탓인지 손에 풀을 발라 붙이려고 하자 스님이 내게 새 색지를 건넸다.

"미련 두지 마라. 넌 충분히 새 꽃을 피울 자격이 있어."

나는 새 꽃 따위는 아무래도 좋았다. 어차피 꽃에 관심을 둔 적조차 없었으니까. 상 위에 아직 꽃잎으로 피어나지 못한 색지들이 가득했다. 보현 스님은 두텁고 무딘 손으로 묵묵히 색지들을 어루만졌다. 나는 밤이 늦도록 스님의 손끝이 색지에서 묻어난 분홍, 노랑, 빨강으로 물들어 가는 것을 멀거니 바라볼 뿐이었다.

체육 시간은 무료했다. 나는 속이 안 좋다는 핑계로 구령대 근처 벤치에 앉아 운동장을 누비는 아이들을 구경했다. 속이 안 좋다는 건 꾀병이었다. 체육은 다 알고 있다는 듯 아주 잠깐 날 노려볼 뿐 귀찮은지 손으로 휘휘, 파리 쫓듯 날 밀어냈다. 나무 그늘 아래 벤치는 쾌적했다. 벤치와 한 몸이 될 것처럼 몸을 길게 늘어뜨리고 기대앉았다.

"나이스 패스!"

권승재였다. 녀석은 흡사 표범처럼 빠르게 운동장을 휩쓸고 다녔다. 발재간이 확실히 좋았다. 녀석의 발끝에서 축구공이 떨어지는 법이 없었다. 일진인 녀석의 위치를 떠나서라도 권승재는 축구에 소질이 남달랐다. 그런 녀석이 골을 넣지 못하고 있었다. 폼은 완벽한데 골을 넣지 못하다니. 어쩐지 일부러 저러는 것은 아닌지 의심이 들었다.

뻥! 강슛이었다. 공이 골대 안으로 충분히 빨려 들어갈 만큼의 위력을 지니고 있었음에도 불구하고 권승재가 찬 공은 골대 그물 대신 골키퍼의 허벅지를 강타했다. 날아오는 공을 잡기는커녕 골키퍼를 맡은 아이가 제자리에 털썩 주저앉았다. 여기저기서 키득거리는 소리가 들렸다.

"어이쿠, 괜찮냐? 마이 미스테이크! 죽지 않았으니까 됐지?"

골키퍼는 지승현이었다. 누가 봐도 정상적인 경기가 아니었다. 살인 축구이자 한 사람을 노골적으로 괴롭히기로 작정한 경기였다. 체육 선생은 어디로 사라졌는지 보이지도 않았다. 나는 팔짱을 끼고 눈을 감았다. 보지 않으면 신경 쓰이지 않을 것이다.

퍽!

"골인! 아, 노골이네. 크크큭."

또 권승재였다. 복부를 제대로 강타했는지 바닥에 무릎을 꿇고 앉은 지승현이 일어서지를 못했다. 녀석의 무리 중 하나가 강제로 지승현을 일으켜 세웠다.

"승현아, 승현아. 골키퍼가 주저앉으면 골문은 누가 지키니? 크크큭."

멀리서 봐도 지승현의 고통이 상당하리라는 것을 눈치챌 수 있었다. 나는 허리를 세워 앉았다. 그리고 풀어진 운동화 끈을 묶었다. 자리에서 일어나 골대 쪽으로 걸음을 옮겼다. 아이들의 시선이 내게 따라붙었다. 권승재가 내 앞을 가로막았다.

"이한조, 내가 그렇게 축구 한 판 뜨자고 할 때는 씹더니만 이제야 축구 할 맛이 생기셨어, 어?"

"내가 골키퍼 할게. 시작해."

곁에서 지승현이 머뭇거리는 게 느껴졌지만 나는 권승재에게서 시선을 떼지 않았다. 권승재가 어쩔 줄 모르고 쭈뼛거리는 지승현의 팔을 움켜잡았다. 나와 녀석 사이에 정적이 흘렀다.

"이한조, 네 맘대로 골키퍼 하면 승현이는 어쩌고?"

"걘, 내가 앉아 있던 벤치로 가서 이 경기 구경하면 되지."

싸늘한 표정이던 권승재가 미친 듯이 웃었다. 병적인 기질이 있는 놈이었다.

"할 거야, 말 거야?"

"좋아, 콜! 실력 좀 보자."

경기가 재개되었다. 나는 장갑도 없이 골대 앞에 서서 권승재가 쏘는 슛을 막아 냈다. 한 번은 허벅지에, 한 번은 어깨 쪽에 공을 맞았다. 그리고 마지막 공이 내 얼굴을 향해 날아들었다. 구경하던 몇몇 아이들이 비명을 질렀다. 하지만 나는 보기 좋게 공을 막았고 막아 낸 공을 잡아 낄낄대는 권승재의 얼굴을 향해 슛을 날렸다.

'맞고 다니지 마라.'

보현 스님의 주문 같은 음성이 공을 차는 순간 환청처럼 들렸다. 공이 직선으로 날아 녀석의 뺨을 스치고 지나갔다. 헉하는 주변 아이들의 소리가 맴돌았다. 권승재의 얼굴이 새빨갛게 불타올랐다. 좀 더 힘을 실었다면 녀석의 얼굴을 강타할 숏이었다.

사발면이 익기를 기다리는 시간은 평화롭다. 하교 후, 편의점에 들러 지나가는 사람들을 가만히 보고 있노라면 그냥 이곳에서 이렇게 평생을 보내도 나쁘지 않을 것만 같았다. 삼 분이 지나고 뚜껑을 열어 한 입 먹으려는데 사발면 옆으로 누군가 핫바 하나를 쓱 내밀었다. 지승현이었다. 나는 '뭐냐?' 하는 표정으로 지승현을 보았다.

"먹으라고. 내 건 따로 있어."

지승현은 자기 손에 들린 핫바 하나를 내 눈앞에 흔들었다. 흔드는 손놀림이 역시나 어색했다. 나는 묵묵히 사발면에 집중했다. 그러자 지승현이 좀 더 가까이 핫바를 밀어 주었다.

"고, 고마워서 그래. 권승재…… 체육 시간에 말이야."

말하는 것 하나하나 조심스러워하는 지승현의 태도에 살짝 짜증이 났다. 그렇게 움츠려 있으니 녀석의 무리가 만만하게 보고 괴롭히는 거라고 말해 주려다 말았다. 이제 더 이상 남의 일에 신경 쓰지 않을 테다. 엄마를 잃은 뒤로 내 어설픈 정의감을 내보이는 짓 따위와는 안녕이었다.

"너 때문에 그런 거 아니야. 시끄러워서 그랬어."

나는 고개를 숙이고 사발면을 흡입했다. 창밖으로 한 무리의 여학생들이 뭔가 속삭이더니 제자리에서 팔짝 뛰며 끌어안고 야단이었다.

엄마가 그랬다. 친구란 별것 아닌 일에도 함께 기뻐하고 힘이 되어 주는 존재라고. 추상적이기만 했던 그 말이 내 영혼과 피부에 한땀 한땀 새겨졌던 모양이다. 그랬으니 그날, 같은 반 아이가 이유 없이 당하는 폭력을 외면하지 못하고 뛰어들었다. 2년 전 그 일의 당사자였던 아이의 이름이 박영태였던가, 박태영이었던가. 이름도 잘 기억나지 않는 아이를 위해 나는 왜 그토록 필사적이었을까. 그 애를 괴롭히는 무리에게 물었던 적이 있다. 왜 괴롭히는 거냐고 묻는 내게 가해자 녀석들은 히죽거리며 가볍게 말했다.

"그냥, 심심하기도 하고."

그들의 가벼운 대답이 날 분노하게 만들었을까. 내 일이 아니니 아무래도 좋다고 생각했다. 하지만 그날, 박이란 애가 홀로 죽도록 맞는 것을 목격했을 때 나는 세상의 부당함에 대해 프로그래밍 된 로봇처럼 반응하고 말았다. 적어도 비겁하게 외면하고 싶지 않은 마음이 컸다. 그리고 지리멸렬한 진짜 싸움이 시작되었다. 학폭위가 열리고 피해자가 가해자가 되는 세상이 내게 찾아온 것이다.

싸움의 유일한 증인이었던 그 애는 날 외면했다. 자신이 살기 위해 기꺼이 날 버렸다. 아무래도 괜찮다고 생각했다. 공포가 그 애를 덮친 것이라고, 살기 위한 선택에 내가 침을 뱉을 수는 없다고. 하지만 세상의 불의에 대해 엄마는 몸을 움직였다.

"세상의 진실과 정의는 쉽게 쓰러지지 않아. 그러니까 이한조, 힘내자."

그 애를 설득하겠다며 날 향해 활짝 웃으며 집을 나서던 엄마는 그길로 돌아오지 않았다. 교통사고였다. 열네 살 내 생일에 뺑소니범을 잡았던 엄마는 뺑소니 사고로 생을 마감했다.

"목걸이 특, 특이하다."

지승현이 조심스러운 기색이 역력한 표정으로 내게 말을 걸었다. 핫바를 먹으러 편의점에 온 것이 아닌 듯싶었다. 손에 들린 핫바는 포장도 뜯지 않은 상태였다. 나는 지승현이 내게 내민 핫바의 포장을 벗겨서 녀석에게 건넸다. 잠시 주춤거리더니 지승현이 핫바를 건네받았다. 아주 작은 소리로 고맙다고 중얼거렸다.

오후의 햇살을 받은 크리커가 가슴께에서 반짝거렸다. 검정 테두리에 은빛 크리커는 남들 눈에 특이한 펜던트일 것이다. 나는 조심스러운 손길로 크리커를 매만졌다.

"화살이 갑자기 튀어 나가는 것을 방지하지. 한 번 더 생각하고 정조준해서 원하는 곳으로 화살이 나아가게 하는 장치야."

엄마는 경기에 나설 때면 장비를 꼼꼼히 확인했다. 그리고 마지막 의식처럼 크리커에 입을 맞췄다. 그 모습이 하도 경건해 보여서 어린 시절 나는 크리커가 신이 아닐까 생각한 적도 있었다.

내가 사발면을 다 비울 때까지 지승현은 조용히 내 곁에 있었다. 대화를 나눈 것도 아니고 핫바는 고작 한 입 먹었을 뿐이다.

"다 먹었으면 가자."

결국 내가 먼저 입을 뗐다. 편의점을 나서자 봄의 훈풍이 머리카락을 쓸고 지나갔다. 우리는 서로 인사하지 않았다. 지승현이 작별인사를 하려고 쭈뼛거렸지만 나는 등을 돌렸다. 사람에겐 각자 가는 길이 있는 법이라고, 나는 앞으로 내 갈 길에 누군가와 동행하는 법은 없을 거라고 다짐했다.

비둘기가 내 발길을 가로막았다. 딱히 먹이를 찾는 것 같지도 않은데 자꾸만 내 발밑에서 어정거렸다. 분주히 목을 까딱대는 움직임에 웃음이 날 뻔했다.

"이한조. 무슨 라면을 그렇게 오래 처먹어, 어? 내가 한참을 기다렸잖아."

권승재였다. 비둘기한테서 시선을 들어 녀석을 쳐다보았다. 비둘기 무리보다 더한 숫자가 내 앞을 가로막았다. 쉽게 내 갈 길을 갈 수 있을 것 같지 않아 보였다. 녀석의 무리가 슬금슬금 내 주위를 에워쌌다.

'액션영화에선 18대 1도 가능하다던데. 둘, 넷, 여섯⋯⋯.'

어차피 도망가기엔 늦었고 물러설 생각조차 없다. 그저 밟고 앞으로 나갈 뿐이다. 빨리 집으로 가야 했다. 아빠가 일주일간의 출장을 마치고 집으로 돌아오는 날이었다. 왜 하필 엄마 기일이 있을 때 출장을 간 거냐고 따져야만 했다.

내 시선은 오로지 권승재에게로 향했다. 바닥에 침을 탁 뱉더니 권승재가 나에게 달려들었다. 우리는 서로를 향해 주먹을 뻗었다.

"네까짓 게 왜 오지랖을 떨어서 내 존심을 건드려, 어?"

권승재의 자존심은 딱 그만큼이었다. 나는 대꾸조차 하지 않았다. 정직하게 녀석이 내게 내지르는 만큼 나 역시 똑같이 돌려주었다. 복부로, 얼굴로, 옆구리로 펀치가 날아들었다.

"집에 가야 한다고!"

나는 악을 썼다. 주먹에 힘이 실리고 권승재를 구석으로 몰아붙였다. 막다른 코너로 몰린 권승재를 지켜본 무리가 "어, 어!" 하더니 갑자기 나에게 떼로 달려들었다. 수많은 주먹이 내게 쏟아졌다. 누군가 내 다리를 걸어 넘어뜨렸다. 바닥에 머리를 찧고 뒤로 넘어졌다. 머리가 울렸다. 권승재가 내 위로 올라탔다. 나는 일어서려고 몸부림쳤다. 그 순간, 녀석이 내 목덜미를 움켜쥐었다. 그리고 사악한 미소를 지었다.

"이 거지 같은 목걸이는 뭐냐? 이렇게 얻어터지는데도 이딴 거나 걸고, 어?"

녀석이 크리커를 잡아챘다. 줄이 끊어지면서 크리커가 권승재 손에 들어갔다.

"이 새끼가!"

분노가 혈관을 타고 흘렀다. 나는 사력을 다해 권승재를 밀쳐 냈다. 크리커가 바닥에 떨어졌다. 나는 손을 뻗어 바닥에 떨어진 크리커를 주우려고 애를 썼다. 하지면 녀석과 녀석의 무리는 나를 그냥 두지 않았다. 조금만 손을 뻗으면 크리커를 안전하게 손에 쥘 수 있었다. 그런데 녀석이 내 손을 세게 밟았다. 나는 크리커를 포기하지 않았다. 그건 엄마였다. 나는 크리커를 향해 반대쪽 손을 뻗었다. 그때 누군가 내 머리를 가격했다. 눈앞이 뿌옇게 변했다.

"악! 이게 뭐야?"

권승재의 목소리와 동시에 무리의 비명 소리가 들렸다. 손으로 바닥을 더듬었다. 크리커가 보이지 않았다. 모든 것이 끝났다. 끊어진 목걸이 줄을 쥐고 나는 간신히 몸을 돌려 하늘을 바라보았다. 그토록 그리워하던 얼굴과 마주했다. 입술이 터져 말하기가 쉽지 않았지만 나는 온 힘을 다해 불러야만 했다.

"어, 엄마?"

크리커, 나의 수호신

✦
⋮

머리가 깨질 듯 아팠다. 서늘한 기운이 전신에 맴돌았다. 천천히 눈을 뜨니 웬 여자애가 날 내려보고 있었다. 나는 다시 눈을 감았다. 마지막에 내가 본 건 틀림없이 엄마였는데, 아직 꿈인 건가? 이마에 따뜻한 손길이 닿았다. 꿈이라고 하기엔 부드러운 손이었다.

"이제 그만 일어나시지? 나, 배고파."

귓가에 정확히 꽂히는 목소리가 유난히 생생했다. 방금 본 여자애의 무릎을 베고 누워 있었다. 나는 놀라서 벌떡 일어나 앉았다. 땅거미가 나뭇가지 사이사이로 스며들고 있었다. 공원 벤치에서 얼마나 누워 있었던 것일까? 모르는 여자애 무릎을 베고 누워 있었다니!

"누, 누구?"

혼비백산한 내 모습을 보고 여자애가 소리 내며 웃었다. 짧은 단발머리에 웃을 때 보조개가 들어가는 뺨이 인상적인 여자애였다.

"내가 누군지 정말 몰라? 네가 불러냈잖아."

"내, 내가 언제?"

여자애가 손을 내밀며 악수를 청했다. 나는 작은 손을 멍하니 넋 놓고 보았다.

"크리커. 내 이름은 크리커야, 일단은."

아무리 봐도 한국 애인데 이름이 크리커? 혹시 외국에서 살다 왔나? 공교롭게도 내가 아는 양궁의 크리커와 같은 이름이라니. 여자애는 어서 잡으라는 듯 손을 흔들었다. 엉겁결에 여자애와 악수를 했다.

"이마에 피는 멎었는데 병원에 가 보는 게 좋겠다. 찢어진 것 같거든."

휴대폰을 꺼내 내 모습을 비춰 봤다. 피딱지가 말라붙은 모습이 흉했다. 입술은 보기 좋게 찢어진 데다 부어 있었다.

"입가의 피는 못 닦았어. 네가 아파하는 것 같아서 말이야."

"아, 고마워."

"별말씀을. 네 수호신인데 이 정도는 해 줘야지."

만화를 많이 좋아하는 아이인가? 수호신이라니. 황당한 대답에 나는 눈만 끔뻑거렸다. 크리커는 치유 능력을 아직 연마하지 못해서 아쉽다며 미안하다고 중얼댔다.

"설마, 네가 권승재 무리를?"

크리커가 날 보며 웃었다. 겨우 내 어깨에 간신히 오는 작은 여자애가 권승재 무리를 혼자 상대했을 리가 없다. 상식적으로 말이 되지 않았다.

"응, 맞아. 내가 한 손에 콱! 수호신이라면 그 정도는 해야지."

"하아, 미친 건가?"

두통이 다시 오려고 했다. 나는 손바닥으로 지그시 관자놀이를 눌렀다.

"얘, 다 들리거든? 너도 나도 안 미쳤어. 수호신이 보호해야 할 대상 앞에 처음 나타날 때는 예상했던 것보다 강력한 에너지를 쓸 수 있지."

수호신, 개인을 보호하는 초자연적인 인도자를 뜻하는 단어다. 의미는 잘 알겠다. 그러나 수호신이 현실에 있다는 소리는 금시초문이었다. 도와준 것은 고맙지만 자리를 빨리 뜨는 것이 상책이었다. 아무래도 이상한 여자애 같았다. 권승재를 어떻게 물리쳤는지는 알려 주겠다는 크리커의 말을 단박에 잘랐다.

"잘 가."

발길을 돌리는데 크리커가 옷자락을 붙잡았다. 옷자락을 잡은 작은 손이 꼼지락거렸다. 천천히 뒤돌아 그 애를 보았다. 역시나 웃는 얼굴로 또박또박 제 목소리를 냈다.

"나도 데려가야지. 아까 배고프다고 말했잖아."

황급히 주위를 둘러보았다. 다행히 공원 입구 쪽에 계란빵을 파는 노점상이 눈에 들어왔다. 나는 재빨리 달려가 계란빵 두 개를 샀다. 고소한 냄새가 코를 찔렀다.

"자, 받아. 고마웠어. 잘 가."

이젠 정말 안녕이다. 계란빵 두 개를 크리커란 아이의 양손에 하나씩 쥐여 주고 돌아섰다. 어떻게 보면 생명의 은인이라고 할 수도 있는데 고작 1500원짜리 계란빵 두 개로 입 닦는 것 같아서 마음이 좀 께름칙하긴 했다. 공원 가로등에 불이 켜졌다. 봄이긴 했지만 해가 지자 날씨가 제법 쌀쌀했다.

'앗, 목걸이!'

깜빡 잊고 있었다. 권승재와 한판 붙다가 정신을 잃기 전에 목걸이가 끊어졌다. 손으로 목을 더듬어 봤지만 이미 늦었다. 다시 발길을 돌려 공원으로 향하는데 그 여자애, 크리커가 눈앞에 서 있었다.

"너……."

"왜? 공원에 다시 가려고?"

크리커는 알고 있을지도 몰랐다. 싸우는 것을 다 지켜본 데다가 내가 기절했을 때 돌봐 주기도 했으니까.

"너, 혹시 목걸이 못 봤어? 그러니까 끊어진 목걸이. 줄은 상관없고 거기 달린 게 중요해. 크리커라고 양궁 할 때 쓰는 도구인데……."

크리커는 남은 계란빵을 입 속에 넣고 우물거렸다. 입가에 묻은 빵가루를 날름 핥아 먹었다. 그러더니 나를 빤히 보며 손가락으로 자신을 가리켰다.

"뭐? 네가 갖고 있어? 아, 다행이다."

나는 크리커에게 손을 내밀었다. 어서 달라고 손바닥을 좌우로 흔들기까지 했다. 그러나 내 소중한 물건을 주기는커녕 한 발짝 내 앞으로 가까이 다가와 섰다.

"어서 줘, 장난치지 말고."

한 발짝 더 가까이 다가와 내 턱 밑에 바싹 다가서더니 고개를 들어 나를 보고 싱긋 웃는 것이 아닌가.

"달라고, 얼른."

장난치고 싶은 모양인데 어림도 없다.

"네 앞에 있잖아."

"뭐?"

여자애가 내 손을 잡았다. 생글거리며 웃는 얼굴을 보고 있자니 갑자기 울컥했다. 크리커는 내 목숨과 같은 물건이었다. 그런데 그걸로 장난을 치다니!

"내가 크리커야, 네가 찾는 그 크리커."

급기야 나는 폭발하고 말았다. 여자애의 손을 뿌리치며 큰소리를 냈다.

"장난치지 마. 나한테 소중한 물건이라고!"

공원으로 산책 나온 노부부가 우리를 흘낏 돌아보았다. 사람들의 시선 따위는 아무것도 아니었다. 그제야 사태의 심각성을 깨달았는지 크리커가 진지한 표정을 지었다.

"장난 아냐. 네가 날 부르는 순간, 난 널 도울 의무가 생긴 거야. 그게 수호신의 임무라고."

크리커, 나의 수호신은 그렇게 내게로 왔다. 권승재에게 두들겨 맞는 나를 외면할 수 없어서, 지독한 외로움에 빠진 내가 스스로를 포기하는 일이 생길까 두려워서 크리커는 그렇게 내 눈앞에 나타났다고 했다.

"모든 십 대에겐 그들을 지켜 주는 수호신이 존재해."

"하아, 뭐 그런 말도 안 되는……."

만화책에서나 가능한 설정이 왜 갑자기 현실에 등장한 것인지 혼란스러웠다.

"나는 나 혼자 알아서 살 테니까 넌 그냥 원래대로, 네가 살던 곳으로 가."

또 무슨 이상한 말을 하려는지 크리커가 내 소맷자락을 붙잡았다. 나는 그 손을 야멸차게 뿌리쳤다.

"난 수호신 따위 필요 없어."

크리커는 더 이상 날 붙잡지 않고 벤치로 가서 앉았다. 벤치에 웅크려 앉은 모습에 발길이 쉽사리 떨어지지 않았다. 어둠이 스민 나무 그늘 아래에 서서 크리커를 관찰했다.

"다시 들어가려고 해도 못 들어가. 그래서 돌아갈 수 없어. 가고 싶어도."

"그게 무슨 소리야?"

크리커는 작은 목소리로 "미안해"라고 중얼거렸다. 나도 모르게 벤치로 다가가 크리커 옆에 앉았다.

"십 대의 수호신은 그 보호 대상이 아끼는 사물에 깃들어 있어. 그런데 한번 세상에 나오면 퍼즐을 채울 때까지 돌아갈 수가 없어. 내가 퍼즐을 다 채워야만, 그러니까 내 그림자가 온전히 드러나야만 원래 있던 세계로 돌아갈 수 있는 거야."

크리커 말에 따르면 그 애의 퍼즐은 내가 성장할 때마다 하나씩 채워진다고 한다. 나는 두 눈을 질끈 감았다. 뭐, 이런 소설 같은 일이. 크리커가 말하는 퍼즐인지 뭔지를 전부 채워야만 다시 내 목걸이의 크리커로 돌아간다는 소리였다. 엄마가 남겨 준 크리커를 되찾으려면 좋든 싫든 이 여자애가 하루빨리 퍼즐을 찾도록 하는 수밖에 없었다. 분통이 터졌다. 내가 도와 달라고 부탁하지도 않았는데 왜 멋대로 나타나서 엄마의 손길이 묻어 있는 물건을 사라지게 했단 말인가!

"난 널 믿지 않아. 내가 믿는 건 크리커야, 엄마의 크리커."

크게 심호흡을 하고 자리에서 일어났다. 보지 않아도 크리커가 내 눈치를 살피는 것을 알 수 있었다.

"나 갈 데가 없어."

"그래서?"

"넌 내가 보호해야 하는 십 대니까, 그러니까 내가 따라가야지. 일종의 가정방문이랄까?"

"웃기시네."

나는 앞만 보고 걸었다. 어둠과 적막이 들어차기 시작한 공원은 이제 인적이 드물었다. 작고 가벼운 발소리가 내 뒤를 따라왔다. 그 발소리는 금세 내 앞을 가로질렀다. 가로등 아래에서 크리커가 내 눈치를 봤다. 빛이 그 애의 머리에, 콧등에, 뺨에, 작은 어깨에 내려앉았다. 눈앞의 존재를 믿지 않는다고 해도 크리커, 그이름 하나만으로 이미 내 심장은 뛰기 시작했다. 어쩌면 엄마가 내게 보낸 중간 테스트가 아닐까. 내가 혼자서도 제대로 살고 있는지 확인차 보낸 존재 말이다.

"집에 가, 어서."

불빛 아래서 나에게 선뜻 손을 내미는 사람은, 나의 수호신 크리커였다.

"누, 누구…… 라고?"

아빠는 크리커의 등장에 몹시 당황한 눈치였다. 집에 들어서자마자 거실로 들어가 "안녕하세요? 처음 뵙겠습니다"라고 말하며 엄청난 친화력을 자랑하는 여자애를 보고 아빠는 소파에 앉지도 못한 채 엉거주춤한 자세로 서 있었다.

"크리커요."

누가 봐도 내 또래 여자애의 모습인데 이름이 이국적이었다. 아빠는 제대로 된 대답을 원하는 듯 나를 쳐다보았다.

"저는 먼 곳에서 왔……."

걷잡을 수 없는 실수를 해서 수습 불가능한 상황이 올까 봐 나는 크리커의 말을 가로챘다.

"미국에서 왔어요, LA. 교포예요, 재미 교포."

아빠는 "아" 하는 감탄사인지, 이해했다는 대꾸인지 모호한 소리를 냈다. 한 고비는 넘겼으니 밥을 먹이고 어떻게든 우리 집에서 내보내야 한다는 생각을 하는 찰나, 크리커가 아빠에게 다가갔다.

"한조 여자 친구인데 하룻밤만 신세 질게요. 사정이 있는데…… 밖은 무섭잖아요. 그래서 여기로 왔어요."

"아, 네."

멍한 아빠의 대답에 코웃음이 났다. 무슨 소리냐, 집으로 가라, 남자 친구 집에 이런 시간에 불쑥 오는 건 어느 나라 예의냐, 하면서 혼찌검을 내야 하는 것 아닐까? 하지만 아빠는 고개를 끄덕이더니 "라면 먹을래?" 하는 것이 전부였다. 크리커가 부엌으로 쪼르르 쫓아가 아빠에게 쉬지 않고 말을 건넸다. 시작도 못 한 작전은 실패로 끝났고 전의를 상실한 나는 소파에 털썩 주저앉고 말았다.

"아저씨, 저는 진라면이 제일 맛있더라고요."

아빠는 창고로 가서 진라면을 찾는 눈치였다. 괜한 심술에 나는 비아냥거렸다.

"그쪽 세계에 진라면도 있나?"

"내 보호 대상의 나라에 대해 공부하는 건 필수지."

약 올리듯 꼬박꼬박 대답을 하더니 크리커가 아빠에게 다가가 오래 보고 지낸 사람처럼 굴었다.

"아저씨, 라면에 계란 넣으세요? 전 그냥 먹는 게 좋을 것 같아요. 라면 본연의 맛을 느끼고 싶거든요."

"그렇지. 계란을 넣으면 국물이 좀 탁해지긴 해."

아빠는 언제 봤다고 크리커의 수다에 적당히 말을 맞춰 주고 있었다. 엄마가 떠나고 난 후, 아빠와 나는 대화다운 대화를 해 본 기억이 없었다.

"야, 그만해!"

부엌을 향해 소리쳤지만 별 소용이 없는 모양이었다. 크리커가 쉴 새 없이 라면 끓이는 방법을 물었고 아빠는 귀찮은 기색 하나 없이 단답형으로 성실히 답해 주었다.

세 개의 그릇에 각기 다른 라면이 먹음직스럽게 담겼다. 사리 곰탕면, 진라면, 짜파구리. 둥글게 둘러앉아 식사를 하는 것이 얼마만인가. 엄마가 없는 식탁에서 머리를 맞대고 밥을 먹은 기억이 희미했다. 감당할 수 없는 갑작스러운 슬픔 때문에, 나로 인해 엄마가 사고를 당했다는 죄의식 때문에 나는 식탁에 앉을 수 없었다. 아빠 마음은 어떤지 잘 모르겠다. 어쩌면 나의 죄의식을 질타하게 될까 봐, 아니면 '너의 그 잘난 정의감 때문에 네 엄마가 죽은 것 아니냐!' 하는 원망의 말을 쏟아 낼까 봐 자리를 피했던 것은 아닐까.

"한조야, 너희 엄마는 어떤 라면을 좋아하셨어?"

사리곰탕면 국물을 들이켜던 아빠가 기침을 했다. 허둥대는 아빠 앞으로 나는 물컵을 슬쩍 밀어 주었다. 아빠는 눈물을 찔끔 흘리며 물을 마셨다.

"야, 그냥 조용히 먹어."

그래도 눈치는 있는 모양인지 크리커가 조용히 제 그릇을 비우는 데에 집중했다. 곁눈질로 크리커를 살펴보니 뭔가 깨닫는 것이 있는지 입을 꾹 다물었다. 식사를 마치고 조용히 거실 이곳저곳을 둘러보던 크리커가 콘솔 앞에서 발길을 멈췄다. 엄마가 좋아하던 공간이었다. 거실 창으로 햇살이 사시사철 들어오고 밤이면 달이 훤히 보이던 자리였다.

콘솔 위에는 항상 가족사진이 장식되어 있었다. 그러나 지금은 없다. 벽면에 늘 걸려 있던 우리 세 식구 사진은 엄마의 장례를 치르고 사라졌다. 오랜 시간 가족사진이 걸려 있던 자리가 희미한 얼룩으로 남아 있었다. 딱 액자 크기만큼 빛바랜 벽지 자국을 크리커가 찾아낸 것이다.

"사진이 걸려 있기에 딱 좋은 자리인데……. 그렇지, 한조야?"

크리커가 날 돌아보며 물었다. 아빠가 해 준 짜파구리는 조금 매웠다.

내가 사는 Y시 시내에서 버스를 한 번만 타면 도시 변두리에 위치한 일각암까지 갈 수 있다. Y시를 에워싼 산자락은 멀리서 보기엔 완만해 보였지만 쉽게 탈 수 있는 산은 아니었다. 버스 종점에서 내려 삼십여 분 산을 올라야만 도달할 수 있는 곳이 일각암이었다.

봄 산은 매력적이었다. 새로 돋은 여린 잎들 사이로 쏟아지는 햇살이 따스한 주말이었다. 등산을 즐기는 몇몇 어른들이 우리를 보며 한마디씩 했다. "어린 친구들이 기특하게도 건전하게 데이트하나 보네" "좋을 때지" 등등의 말이었다. 기특하고 건전한 데이트의 숨은 의미를 찾지 못한 나는 그저 무반응으로 대처했으나, 크리커는 무슨 뜻인지 알고나 그러는 건지 말을 건네는 어른들에게 "안녕하세요, 감사합니다"라고 대답하며 생글거렸다.

등산로를 벗어나 가파른 길로 접어들었다. 이제부터 호흡을 조절해야 할 때다. 힘들다고 투덜댈 줄 알았는데 크리커는 숨을 고르며 내 뒤를 따라왔다. 거친 숨소리에 손을 내밀어 볼까 하다가 관뒀다. 빨리 내쫓아야 하는 애한테 괜한 친절은 낭비였다.

부처님 오신 날을 앞둔 주말이라 그런지 작은 절인데도 불구하고 사람들로 북적거렸다. 보현 스님은 사다리에 올라 연등을 달고 있었다. 명부전을 중심으로 바깥에 색색깔의 연등이 줄을 지었다. 나는 한달음에 달려가 사다리 아래 섰다.

"스님!"

"아, 마침 잘 왔다. 거기 사다리 아래 연등 좀 하나씩 올려 줘라."

나는 발치에 늘어서 있는 연등 하나를 집어 보현 스님에게 건넸다. 노란 연꽃이 머리 위에서 꽃을 피웠다. 가파른 길에 지쳤는지 크리커는 이제야 겨우 일각암 안으로 들어섰다. 나는 스님을 올려다보며 그 여느 때보다 진지한 목소리로 부탁했다.

"스님, 재 좀 맡아 주세요."

보현 스님은 내 시선이 가닿는 곳으로 고개를 돌렸다. 산사의 모든 것이 신기한지 크리커는 주위를 둘러보느라 여념이 없었다. 연등 하나가 바닥에 툭 떨어졌다. 스님이 물끄러미 날 내려다보았다.

"한조, 넌 날 뭘로 아는 거냐?"

이 질문에 대답을 잘해야 한다는 것 하나는 분명히 알았다.

"좋은 스님이요."

보현 스님이 사다리에서 내려섰다. 주위를 둘러보더니 내 귓가에 대고 소곤거렸다.

"나 결혼도 안 했는데 학부모 되란 거냐?"

보현 스님에게 한 발짝 더 가까이 다가가 속삭였다.

"오갈 곳 없는 중생을 구하는 일입니다, 스님."

평소에 없던 재치까지 발휘해서 보현 스님을 설득해야만 했다. 개인적인 사정으로 여기서 지내야 한다, 그런데 안타깝게도 부모와 떨어져서 지낼 곳이 필요하다 등의 내용을 최대한 가련한 표정을 지어 가며 설명했다. 내 표정이 얼마나 설득력 있을지는 나도 확신하지 못하겠지만. 내 말에 스님의 미간이 일그러졌다. 스님이 중지로 콧구멍을 후비더니 내게 물었다.

"저 친구, 정체가 뭐냐?"

"크리커, 제 수호신이요."

보현 스님의 동공이 심하게 흔들렸다. 급기야 내 어깨에 올린 스님의 손이 떨리기 시작했다.

"한조, 너 불교 신자 아니었냐? 수, 수호신이라니?"

산 넘어 산이라니. 크리커를 그냥 내 여자 친구라고 소개했어야 했나? 하지만 보현 스님에게 거짓말을 하고 싶지 않았다. 언제까지 크리커를 부탁해야 할지도 모르는 상황에서 거짓말은 악순환을 불러일으킬 뿐일 테니까.

보현 스님의 놀란 표정이 가라앉지 않아 어쩔 수 없이 나는 크리커와의 관계를 적당히 둘러댔다. 설명을 하면서도 '내가 지금 무슨 소리를 하는 거지?'라는 생각에 어처구니가 없었다. 크리커가 이곳에서 지내는 동안 지켜 주고 싶다는 내 말에 스님은 적잖이 감동한 눈치였다. 어쩌면 미국에서의 사춘기를 견디지 못하고 부모의 고향인 대한민국에서 자기 정체성을 찾고 싶어 할지도 모른다는 내 멋대로 지어낸 이야기에 스님은 한껏 감정이입 되었을 수도 있겠다. 크홉, 하고 코를 들이마시는 스님의 눈가가 붉게 물들었다.

"요즘 십 대들에겐 응원하고 의지할, 절대적인 내 편이 필요한 법이지."

보현 스님은 혼잣말을 중얼거리며 내 등을 다정한 손길로 토닥거렸다. 그러더니 날 가볍게 끌어안았다.

"한조야, 이 얼마나 만화 같은 전개냐. 좋다. 세상의 모든 중생을 돕기 전에 내가 저 아이를 돌봐 주마."

평소 불교 경전보다 만화책이 좋다던 보현 스님다웠다. 드라마틱한 전개가 가득한 만화책이야말로 세상사의 진리요, 가르침을 주는 책이라고 늘 말씀하신 것이 빈말이 아니란 사실이 증명되는 순간이었다.

"한조야, 나도 연등 달고 싶어."

한달음에 달려와 해맑게 태평한 소리를 하는 크리커를 나는 어떤 눈빛으로 봐야 하나? 이런 애가 나의 수호신이라고? 나의 십 대를 안정적으로, 성공적으로 보낼 수 있게 돕겠다고? 크리커 말에 따르면, 모든 수호신은 자신이 지켜야 할 보호 대상과 나이가 동일하다고 했다. 그런데 지금 저 모습을 본다면 크리커는 세상

물정 모르는 미취학 아동이나 마찬가지였다. 오히려 내 골칫거리에 가까웠다.

보현 스님이 앞으로 나서며 크게 심호흡을 했다. 크리커의 얼굴을 빤히 바라보더니 스님은 밑도 끝도 없이 한마디 건넸다.

"애, '아버지' 해 봐라."

세상에 신이 있다면 적어도 우리 반에 크리커를 불러들여서는 안 되는 법이다. 더군다나 크리커가 누구인가? 나의 수호신이지 않은가. 세상 사는 데에도 법도가 있고 질서라는 것이 있지, 어떻게 크리커를 우리 반에 배정을 하냐는 말이다. 전학생에게 반을 배정하는 것은 신이 아니라 학년부장이었던가?

"자, 새로 온 친구가 잘 적응하도록 도와주자."

담임의 말에 크리커가 수줍어하는 법 없이 손을 흔들었다.

"하이, 안녕. 크리커라고 해. 잘 부탁해."

여기저기서 수군거렸다. "이름이 크리커야?" 누군가 큰 소리로 외쳤다. "외국에서 살다 왔구나!" 크리커는 소리가 난 방향으로 고개를 돌리더니 끄덕거렸다.

"응, 재미 교포야. LA에서 살다 왔어."

여기까지는 나의 임기응변이 만들어 낸 설정이었다면 그 뒤는 보현 스님의 각본이었다. 스님이 각본을 제대로 짠 모양이었다. 캘리포니아주 LA에서 재미나게 살았던 크리커. 부모님과 산타

모니카 해변에서 노을을 즐기던 외동딸 크리커. 힙합을 사랑하는 크리커. 비운의 사고로 갱에게 부모님을 잃은 크리커. 부모님의 고향 대한민국으로 돌아온 크리커.

1교시 시작을 앞두고 몇몇 아이들이 크리커 주변에 몰렸다. 보현 스님이 크리커를 당신의 딸처럼 잘 보살펴 주겠다고 했을 때 나는 살짝 감동했다. 불현듯 이곳에 떨어진 여자애를 조건 없이 돌봐 주겠다고 약속하는 스님을 보면서 이것이 진정한 종교인의 모습이구나, 했다. 방에 누워 만화책을 보며 키득거리는 스님을 나는 종종 땡중이라고 폄하했다. 하지만 그런 생각을 하던 스스로를 지금은 반성하게 됐다.

보현 스님이 크리커를 우리 학교로 전학시키겠다고 내게 문자 메시지를 보냈을 때 나는 알 수 없는 불안감에 떨어야만 했다. 나는 간밤에 크리커에게 단단히 약속을 받았다. 학교에서 날 보거든 모른 척하라고 말이다. 권승재가 알아보고 말고는 나중 문제였다. 어차피 크리커 말에 따르면 권승재 무리는 그날의 일을 기억하지 못할 것이라고 했다. 수호자가 이 세상에 처음 등장하는 순간을 기억하는 것은 보호 대상뿐이라고, 그게 수호신이 사는 세계의 법칙이라고.

"크리커, 넌 한국 이름 없어?"

연주가 크리커에게 물었다. 오지랖이 남다른 것은 연주의 특징이라면 특징이었다. 나는 크리커가 가능한 한 연주와 말을 섞지 않았으면 싶었다. 신경 쓰지 않으려고 했으나 나의 청력은 지나치게 탁월했고 그들이 나누는 모든 말에 오감이 열려 있는 상태였다.

"응, 한국 이름 없어. 난 그냥 크리커가 좋아. 이 세상에서 사라지는 날까지 크리커로 살 거야."

나는 두 눈을 질끈 감았다. 제발 '이 세상'이니 '사라지는 날'이니 하는 소리는 못 하게 경고를 해야겠다. 연주는 크리커의 대답을 듣고 뭔지 모르지만 낭만적이고 예술적인 느낌이라며 호들갑을 떨었다. 이해할 수 없는 그들의 대화에 두통이 오려고 했다.

"크리커, 근데 너 친척도 없다면서 어떻게 한국으로 와서 살 생각을 했어?"

연주의 물음에 크리커의 눈가와 입매가 소리 없이 부드러운 곡선을 그렸다. 그리고 크리커의 입에서 흘러나온 소리는 나를 얼어붙게 만들었다.

"여기엔, 이 세상엔 한조가 있으니까."

희랑

✦
⋮

적을 알고 나를 알아야 백전백승이라고 했다. 그러니까 나는 둘째 치고 먼저 적을 알아야 할 상황이었다. 일단 나는 수호신은 물론이요, 십 대를 위해 수호신을 파견한다는 세계 또한 믿지 않았다.

'그래, 크리커를 그냥 괴생명체쯤으로 생각하자.'

점심시간을 알리는 종소리가 울렸다. 한참 독서에 빠져 있는데 누군가 책을 휙 낚아챘다.

"한국 괴물 백과?"

나는 크리커의 손에서 다시 책을 빼앗았다. 오늘 급식은 아이들이 좋아하는 닭다리 튀김이었다. 한 무리의 아이들이 요란한 소리를 내며 교실을 뛰어나갔다. 크리커가 옆에 앉더니 내 팔을 잡고 흔들었다.

"빨리 우리도 점심 먹으러 가자. 이렇게 꾸물대다간 닭다리 사라지겠어, 한조야."

이 성가신 존재를 얼른 원래 있던 곳으로 돌려보내려면 크리커가 정확히 어떤 존재인지 파악할 필요가 있었다. 나는 자세를 바로 하고 책장을 넘겼다. 이번에 읽을 차례는 희랑(希郞)이었다. 흥미로운 인물, 아니 괴물이었다. 희랑은 한 사람의 칭호로 심성이 관대하고 보통 사람과 다른, 신비하나 힘이 있는 존재였다. 원래 머나먼 다른 나라에 사는 사람이었는데 삼국시대에 신라로 건너왔다고 한다. 그러나 책 어디에도 희랑이 어디서 건너왔는지 나와 있지 않았다. 그런 점에서 크리커와 비슷했다.

"야, 이한조. 그만 좀 일어나라. 크리커가 너 때문에 굶어야겠니?"

연주였다. 최근 들어 크리커 일에 사사건건 참견하는 것이 마음에 들지 않았지만 크리커도 학교생활을 무난히 하려면 친하게 지낼 여자애들이 있으면 좋을 터였다. 그래서 가능하면 무신경한 척 넘어갔는데 오늘은 신경을 긁어 대는 것이 영 거슬렸다.

"크리커, 먼저 가서 밥 먹어."

"안 돼. 수호신은 보호 대상의 모든 것을 관리해야 한단 말이야. 밥 먹는 것까지도."

한숨이 절로 나왔다. 얘는 보호 대상의 진정한 의미를 알고나 하는 소리일까.

"서방님 때문에 밥 못 먹겠다잖아. 한조, 너는 여친이 이렇게까지 말하는데 정말 웃긴다."

또 연주였다. 나는 책을 덮고 자리에서 일어섰다. 더 이상 버티고 앉아 있어 봤자 책을 제대로 읽기도 어려울 것이다.

적어도 나는 타인의 관심을 끄는 대상이 아니었다. 중학교 졸업 이후, 그 사건은 수면 아래로 가라앉았고 아이들은 나를 두고 더 이상 떠들어 대지 않았으니까. 떠들어 대는 인간은 내가 가만두지 않았다. 나는 식물처럼 살고 싶었다. 아니, 공기처럼 존재하기를 원했다.

"어서 땅콩조림 다 먹어. 콩이 면역력에 얼마나 좋은데."

식판 위에 골라 놓은 땅콩을 크리커가 내 숟가락에 올려 주었다. 같은 테이블에서 급식을 먹던 아이들의 시선이 일제히 내게 몰렸다. 크리커가 나 때문에 이 세상에 온 거라는 한마디에 연주를 비롯한 여자애들은 로맨스니, 낭만이니 하면서 수선을 떨었다. 그리고 여자애들은 크리커의 절대적인 지지자가 될 기세였다.

"크리커, 적당히 해."

나는 숟가락에서 땅콩을 털어 냈다. 크리커는 포기하지 않고 또다시 젓가락으로 땅콩을 내 숟가락에 올렸다.

"골고루 먹어. 난 네가 건강한 어른이 되는 걸 도와야 할 의무가 있다고."

입씨름해 봤자 나의 전패가 예상되는 상황이었다. 테이블 건너편에 나란히 앉은 연주 무리가 나를 잡아먹을 듯이 쏘아보고 있었기 때문이다. 널 생각하는 여친의 마음을 모르네, 어쩌네 하면서 시끄럽게 굴 것이다. 나는 묵묵히 땅콩을 씹어 삼켰다. 입 안이 까끌거리고 목구멍이 답답했지만 식판을 빨리 비우고 자리를 뜨는 편이 나았다.

마지막 세 알 남은 땅콩은 도저히 삼킬 엄두가 나지 않아서 괜스레 젓가락으로 땅콩을 이리저리 굴렸다. 크리커는 연주 무리에게 둘러싸여 왜 화장을 안 하느냐, 오렌지 립스틱이 잘 어울릴 텐데, 하는 말을 듣느라 넋이 나간 표정이었다.

슬쩍 식판을 들고 자리에서 일어서려는데 누군가 크리커에게 고자질을 했다.

"어? 한조, 땅콩 남겼다."

땅콩 한 톨 때문에 스타일 구길 줄은 몰랐다. 목이 따끔거리는 것 같았다. 눈 딱 감고 그냥 한입에 몽땅 털어 넣어야지, 하는데 숟가락 하나가 내 식판을 향해 다가왔다. 지승현이 땅콩을 다 씹어 삼켰다.

"괜, 괜찮지?"

지승현은 내 눈치를 슬금슬금 보더니 식판을 들고 퇴식구로 걸음을 옮겼다. 갑작스러운 행동에 조금 당황하기는 했지만 녀석의 호의임을 알고 있었다.

"고맙다."

"아, 내가 뭘. 전에 보니까 콩은 싫어하는 것 같기에……."

내가 고개를 끄덕이자 지승현이 어쩔 줄 몰라 했다. 늘 혼자인 녀석에게 내가 건넨 한마디가 내일을 살아갈 힘이 될 수 있을까? 중학교 때, 사건의 주인공이었던 박태영도 그렇게 말했다.

"이한조. 모두가 날 투명 인간 취급할 때 네가 건넨 한마디가 날 다시 일어서게 했어. 내일은 학교에 갈 수 있을지도 모르겠다고, 가고 싶다고 말이야."

여전히 그때의 박태영 눈빛을 기억했다. 잊으려고 안간힘을 썼지만 고맙다고 내게 수줍게 인사를 건네던 그 애의 떨리는 목소리도 잊지 않았다. 상습적으로 괴롭히던 무리에게 수년 동안 맞고도 꼼짝 못 하는 것을 도와준 내 행동을 후회하지 않았다. 그러나 그 애가 학폭위가 열리고 증인까지 되어 준 나를 외면하고 모든 것이 나의 거짓이라는 어처구니없는 소리를 내뱉었을 때, 나는 그저 분노를 참을 줄 모르는 철부지였다. 열다섯, 정의가 살아 있다고 믿었고 화가 나면 길길이 날뛸 수밖에 없는 나이였다. 엄마는 그러다 내가 다치지 않기를 바라며 옳은 일을 했다는 믿음을 주고 싶어 했다. 그렇게 그 애를 만나러 나가서 영원히 집으로 돌아오지 못했다.

호흡이 가빠졌다. 머리가 지끈거리더니 속까지 울렁거리기 시작했다.

"이한조, 너 정말 괜찮은 거야?"

나도 모르게 휘청거렸는지 지승현이 내 팔을 부축했다. 크리커는 연주와 친구들 무리에 둘러싸여 한창 이야기 중이었다. 목덜미와 이마에서 식은땀이 솟았다. 급한 대로 보건실에 가야 하나?

"오오, 이게 웬 브로맨스야? 어?"

한동안 학교에 나오지 않던 권승재가 무리를 이끌고 나타났다. 광대 근처에 희미한 멍 자국이 눈에 띄었다. 녀석의 상처를 두고 수많은 말이 오갔지만 그 누구도 권승재에게 어떻게 다친 거냐고, 무슨 일이냐고 묻는 배짱은 없는 듯했다.

"신경 꺼."

권승재가 보란 듯이 큰 소리로 웃어 댔다. 급식실에 있던 아이들의 시선이 우리 둘에게 쏠렸다. 그 바람에 크리커가 한달음에 내게 뛰어왔다. 말리기도 전에 크리커가 권승재에게 따지듯이 물었다.

"너, 아직도 정신 못 차렸구나? 두 번 다시 한조 건드렸다간 내가 가만있지 않아, 알겠니?"

크리거의 당찬 대거리에 권승재가 멍한 얼굴이 되었다. 수호신이 처음 등장하는 순간에 일어난 일들은 보호 대상과 수호신만 기억한다더니 사실이었나 보다.

"네가 새로 왔다는 전학생이야?"

크리커는 대놓고 권승재를 무시했다. 숨쉬기가 점점 불편해졌다. 이상한 기색을 눈치챘는지 크리커가 눈을 동그랗게 떴다.

"야, 너 왜 이래? 얼굴이 얼룩덜룩해. 나한테 기대. 보건실 가자."

나는 크리커의 손을 야멸차게 뿌리쳤다. 내 행동에 크리커가 놀란 모양이었다. 커다란 눈이 더 커졌다.

"야, 그만 좀 해!"

소리칠 생각은 없었지만 숨이 점점 가빠졌다. 바닥이 위로 솟구치는 느낌이었다. 권승재 앞에서 쓰러질 수는 없는 노릇이었다. 나는 사력을 다해 급식실을 나섰다. 한 발, 한 발 떼는 발걸음이 천근만근 같았다.

골치가 아팠다. 그런데 신체적 원인인지 정신적 원인인지 분간이 안 됐다.

"왜 말 안 했어? 땅콩 알레르기 있다고 말했으면 먹으라고 하지 않았을 거 아니야. 흐흐흑, 세상천지에 자기 보호 대상을 쓰러지게 만드는 수호신이 어디 있냐고! 으으흑."

크리커는 응급실로 오는 택시 안에서도 내내 미안하다고 울먹이더니 링거를 맞고 있는 지금도 곁에 딱 붙어 앉아 훌쩍거렸다. 그 모습을 보고 있자니 두통이 더 잦아진 기분이었다. 안 그래도 응급실에 오자마자, 교통사고를 당해서 실려 온 남자애 때문에 충격을 받은 크리커는 쉽사리 진정하기 틀린 것 같았다.

"하, 그만 울자."

나의 위로는 딱 여기까지였다. 드라마나 영화를 보면 달달한 멘트로 보는 이의 심금을 울리는 위로의 말을 전하지만 안타깝게도 나는 배우도 아니고 달달한 멘트를 어떻게 건네야 할지 도통 모르는 열일곱이었다. 손을 내밀어서 괜찮다고 악수를 청해 볼까? 잠시 생각해 봤지만 이 상황에 손을 건네는 행동 자체도 이상하게 여길 것이다. 게다가 링거를 꽂은 팔을 보고 크리커는 이미 한 번 기겁을 한 후였다. 바늘이 무섭다고 흐느끼는 크리커를 보면서 내 통증을 잊을 정도였다.

　"나, 모서리 공포증 있어. 뾰족한 것 못 보겠다고."

　살다 살다 수호신이라는 애가 뾰족한 게 무섭다고? 이런 것도 무서워하면서 날 어떻게 지키겠다는 것인지. 그래도 일단 날 지키겠다고 뛰어든 용기가 가상하다며 감탄이라도 해야 하나?

　큰일 날 뻔했다는 의사 선생님 말에 급기야 크리커는 소리 내어 울기 시작했다. 의사 선생님과 간호사 선생님은 그런 크리커의 모습을 보고 다정한 시선을 보냈다. 남자 친구를 걱정하는 착한 여자 친구 정도로 생각하는 것 같았다.

　교통사고를 당한 남자애에게 문제가 생겼는지 응급실 한쪽에서 다급한 외침이 들렸다. 평소였다면 점심시간이 끝나고 나른한 기운에 졸고 있을 시간이었다. 그런데 장소가 바뀌었다는 이유 하나만으로 눈앞에서는 생과 사를 넘나드는 사람들이 오가고 있었다. 나는 생각했다. 어쩌면 크리커의 말대로 멀쩡히 어른이 되는 길은 쉽지 않을지도 모른다고.

"한조야."

"왜?"

크리커가 멍하니 링거에 남은 수액을 올려다보며 말했다.

"사실 나…… 수호신 아니야."

머릿속에서 누군가 커다란 징을 두들긴 줄 알았다. 이건 또 무슨 충격요법이란 말인가. 날 일으켜 세우려고 얘가 새로운 수를 고안해 낸 건가.

"뭐?"

반문하는 내게 크리커는 우물쭈물거리면서 애꿎은 제 손톱만 뜯었다. 수호신이 아니라면 얘를 뭘로 생각해야 하는 것일까.

"그럼 뭔데, 네 정체? 귀신이야?"

말도 안 되는 질문이란 것을 나도 안다. 샅샅이 살펴 읽은 『한국 괴물 백과』에서도 크리커와 비슷한 귀신은 구경조차 하지 못했다.

크리커가 내 눈치를 살피며 입을 뗐다.

"귀신 아니고…… 예비 수호신이야."

"예비?"

크리커가 용서를 구하듯 두 손을 모으고 고개를 끄덕였다.

"응, 예비 수호신. 하지만 열심히 해서 곧 정식 수호신이 될 거였어."

내가 묵묵부답이자 크리커가 기어드는 목소리로 "믿어 줘"라
고 중얼거렸다. 그 모습에 살짝 마음이 흔들렸지만 나는 애써 무
심한 척했다.

"자격증도 없으면서 수호신 어쩌구 하면서 나한테 온 거구나.
난 원하지도 않았는데."

정식 수호신 증명서라도 발급받거든 다시 오라고 엄포를 놔야
하나 잠깐 고민하는 사이, 크리커가 비명을 질렀다.

"이한조, 그게 무슨 소리야? 원하지 않았다니?"

"말 그대로야. 난 널 부르지 않았어."

"그럴 리 없어. 보호 대상이 간절히 부르지 않으면 수호신은 절
대 이 세상에 나올 수가 없다고! 너, 착각하는 거 아냐?"

도대체 내가 알 수 없는 세계의 법칙에 정신을 차릴 수가 없었
다. 모든 십 대에게 수호신이 있다는 것도 허무맹랑한 소리인데
간절히 부르지 않으면 안 온다니.

"난 분명히 원하지 않았어. 수호신 같은 건 안 불렀다고, 미안하
지만."

너무 크리커를 밀어붙인 것 같아 괜히 마음이 안 좋았다. 수호
신이니 뭐니 해도 어쨌거나 내 또래이지 않은가. 적어도 또래 친
구를 눈물 바람으로 만드는 일은 멈추는 게 나았다. 응급실에 실
려 온 몇몇 환자들, 보호자들, 간호사 선생님들이 우리 쪽을 흘끔
거렸기 때문이었다.

"그만 울어, 크리커. 나 아직 안 죽었어. 어쨌거나 날 택시 태워 응급실에 데리고 온 건 너니까⋯⋯. 오늘은 일단 수호신 역할, 합격이야."

숨쉬기가 조금씩 편안해졌다. 졸음이 은근슬쩍 몰려오려고 했다. 나는 눈을 감았다. 병원 특유의 소독약 냄새가 나쁘지 않았다. 상상했던 응급실 풍경과 달리 대체로 모든 것이 순조롭고 조용했다. 텔레비전에서 봤던 의학 드라마와는 완전 딴판이었다. 왠지 모르게 안심이 되는 기분이었다.

"해윤아, 양해윤! 정신 차려!"

누군가의 울부짖는 소리에 눈을 떴다. 수액도 다 맞았고 이제 응급실을 떠나면 그만이었다. 그런데 응급실에 들어선 또래 아이의 모습에 나도 크리커도 발을 떼지 못했다. 크리커는 몰라도 나는 혼수상태로 실려 온 아이의 모습을 보고 발길을 돌릴 수가 없었다. 눈에 익은 암 가드가 침대 아래로 떨어진 팔에 착용된 채였다. 다른 손에는 핑거 프로텍션이 자리를 잡고 있었다. 낡은 양궁 장비를 보는 순간 울컥했다.

"눈 뜨라고, 양해윤! 경기가 코앞인데 이 꼴이 뭐야!"

아이의 보호자로 보이는 중년 남자가 악을 썼다. 저절로 주먹에 힘이 들어갔다. 의식 잃은 애한테 경기 운운하는 것을 보니 최악이었다. 암 가드가 해지도록 활을 들고 고군분투했을 아이의 모습이 상상되었다.

"한조야, 저 애의 수호신은 어디 간 걸까? 저 애가 저렇게 애타게 부르고 있는데 말이야."

크리커가 내 손을 잡았다. 손의 떨림이 기적처럼 멈췄다. 크리커의 손은 너무나 차가웠다.

집으로 돌아오는 버스 안에서 우리는 내내 말이 없었다. 나는 지쳐 있었고 크리커는 무엇 때문인지 추측하기 어려웠다. 그러고 보면 우리는 수호신과 보호 대상의 관계로 만났지만 서로에 대해 너무 몰랐다.

버스정류장에 내렸다. 오후 햇살이 내리쬐고 있었다. 크리커의 어깨가 축 처져 있었다. 나는 크리커를 앞질러 걸었다. 집으로 가는 방향이 아닌 학교로 돌아가는 길이었다. 크리커가 내 뒤를 따라왔다.

"이한조, 학교로 가려고?"

"당연하지. 학생이 학교로 가야지. 수업도 다 안 끝났는데 집에 왜 가냐?"

"그래도……."

오늘 하루 이 정도면 크리커는 충분히 나에게 미안해한 셈이다.

"크리커, 넌 수호신이 되어 가지고 뭘 몰라도 너무 모른다."

나는 크리커에게 괜히 장난을 치고 싶은 마음이 들었다. 가벼운 장난이면 크리커의 기분도 좀 나아지지 않을까.

"네가 말하는 좋은 어른이 되려면 우리나라에선 정규교육을 착실히 받고 졸업을 해야 해. 일단 나는 학교를 다니고 있으니까, 최대한 성실하게. 넌 수호신 정도 되었으면 내가 땡땡이친다고 해도 끝까지 말려야 하는 거라고. 알겠냐?"

"아, 그렇구나."

나는 피식 웃음이 새어 나올 뻔했다.

'뭐가 그렇구나, 야. 학교고 뭐고 간에 건강이 최우선이지.'

하지만 나는 열심히 고개를 끄덕이는 크리커를 보며 입술을 깨물어 새어 나오려는 웃음을 참았다. 햇살도 따스하고 미세먼지도 없는 오후였다. 학교 근처 사거리 마트에 다다랐다. 막상 오니 학교에 들어가고 싶지 않은 마음이 생겼다.

"크리커, 아이스크림 먹을래?"

"아, 좋…… 아니야. 됐어."

아이스크림이라는 말에 눈이 반짝이는 것을 봤는데 금세 시무룩해지더니 괜찮단다. 나는 크리커의 손을 잡아끌고 마트로 향했다. 초등학생 몇몇이 아이스크림을 고르고 있었다. 나도 그 무리에 껴서 냉장고에 머리를 박고 아이스크림을 골랐다.

"크리커, 너 진짜 안 먹을 거야? 내가 사 주는 건데?"

나는 씩 웃으며 크리커를 향해 빨리 오라고 손짓을 했다. 그제야 크리커의 얼굴에 미안함과 신난다는 표정이 어우러졌다. 우리는 나란히 돼지바를 골랐다. 나는 어릴 때부터 돼지바를 좋아했기 때문이고 크리커는 포장지에 그려진 돼지가 귀엽다는 단순한 이유였다. 값을 치르고 마트 앞 간이 의자에 앉았다. 크리커가 손을 내밀었다.

"왜?"

"쓰레기 달라고. 버리고 올게."

돼지바 포장지를 쓰레기통에 버리고 오는 크리커를 물끄러미 바라보았다. 그리고 나는 내 눈을 믿을 수 없었다. 내게 점점 다가오는 크리커를 향해 나는 놀란 표정을 감추려고 했지만 실패였다. 이상한 기색을 눈치챈 크리커가 내 앞에 섰다. 나는 천천히 손가락으로 바닥을 가리켰다.

"크리커, 너 그림자가 없어. 수호신은 원래 그런 거냐?"

"뭐? 그럴 리가……."

"예비 수호신이라 그런 거야? 예비라서 그림자도 없이 이 세상에 떨어진 거냐?"

내가 추측할 수 있는 생각은 여기까지였다. 혹시나 지나가는 누군가에게 크리커 그림자가 없는 걸 들키게 될까 봐 나는 얼른 크리커를 잡아당겨 의자에 앉혔다. 하지만 손바닥만 한 그늘이 크리커의 비밀을 다 가려 주지는 못했다.

휘청거리며 자리에 앉은 크리커가 다시 일어나더니 태양 아래로 나갔다. 그림자는 여전히 없었다. 그러자 크리커는 바닥에 웅크리고 주저앉았다.

"한조야. 어, 어쩌면 좋지?"

크리커의 목소리가 심하게 떨렸다. 크리커가 고개를 들어 나를 올려다보았다. 눈가에 눈물이 그렁했다.

"보호 대상을 지키면 퍼즐이 나타나는데……."

"그림자를 말하는 거야?"

크리커가 고개를 끄덕였다. 머릿속에 수백만 개의 LED 전구가 가득 들어찬 기분이었다. 기가 막힌 아이디어가 스쳤다.

"그런데 크리커, 네가 내 수호신이 아닌 것 아냐? 날 구했는데 왜 그림자가 안 생겨, 안 그래?"

크리커에겐 청천벽력과 같은 말일 것이다. 권승재와 싸울 때 내가 쓰러지자 크리커가 나타났다. 피투성이가 된 나를 일으키고 돌봐 준 크리커였다. 그런데 내 수호신이 아니라고 부정하니 혼란스러운 모양이었다.

"장난치지 마, 이한조."

"네가 진짜 내 수호신이라면 날 돕고 난 다음에 퍼즐 조각이 하나씩 생긴다며! 그런데 봐, 없잖아. 그대로야. 크리커, 내가 쓰러지던 그 시간에 네가 지켜야 할 진짜 보호 대상이 위험에 빠졌다면 어쩔 건데?"

"그, 그럴 리 없어."

사색이 된 크리커가 급기야 털썩 바닥에 주저앉았다. 나는 다급히 크리커를 부축해 의자로 데리고 갔다. 붉게 충혈된 크리커의 눈동자에 눈물이 어른거렸다.

"일은 이미 벌어졌고 운다고 해결되지도 않아."

억지로 울음을 참는 듯한 모습이었다. 떨리는 입술을 깨물고 있는 모습이 조금은 안되어 보였다.

"내 보호 대상은 이한조, 너야."

"확신 못 하잖아. 난 분명 널 이 세계로 부르지 않았어. 넌 정식도 아니고 아직 예비 수호신이잖아. 그러니 작은 착오가 있을 수도 있지."

벌벌 떠는 크리커를 위로하고 싶었다. 아무 일 없을 거라고 확신을 주고 싶은 마음도 들었다. 그러나 크리커를 떨치고 싶은 마음이 더 컸고 지금 이 상황은 나에게 절호의 기회였다. 어떻게든 이 애를 무리 없이 떼어 내야 했다.

나는 크리커의 어깨를 꼭 잡아 주었다.

"크리커, 내가 네 진짜 보호 대상을 함께 찾아 줄게. 그러니까 걱정 마."

큰소리는 쳤지만 크리커의 퍼즐을 채우기 위해 어떻게 해야 할지 감이 오지 않았다. 내가 이 애의 진짜 보호 대상이 아니라면 퍼즐이 영영 나타나지 않는 것일까? 그렇게 되면 크리커는 영원히 대한민국, 이곳에 살아야 하는 건가?

'골치 아프네. 지내다 보면 어떻게든 알아서 살아가겠지.'

일단 우리는 머리를 맞대고 궁리를 했다. 크리커가 우리 동네로 왔다면 분명 진짜 보호 대상도 이 근방에 살고 있을 것이다. 그러니 이 근처부터 차근차근 수색해 나가야 한다. 차분하게 설명은 했지만 콧구멍만 한 동네도 아니고 어디부터 찾아야 할까?

'앗, 내가 본 그건 뭐지?'

병원 응급실에서 분명히 나는 크리커의 퍼즐을 봤다. 아주 잠깐이었지만 응급실에서 나올 때 앞서 나가던 크리커의 그림자, 퍼즐을 내 두 눈으로 분명히 목격했다.

'그렇다면!'

분명히 크리커와 나는 병원에서 진짜 보호 대상과 스쳐 지났을 것이다. 퍼즐이 희미하게 나타났다 사라진 것이 그 증거였다.

"학교로 가자, 크리커. 이제부터 예비 수호신을 돕는 최초의 인간이 되어 줄게."

크리커에게 손을 내밀었다. 당분간은 이 손을 잡아 주는 일을 귀찮아하지 않겠다고 다짐했다. 그것은 대단한 정의감도 동정심도 아니었다. 그냥 내 마음이 그랬다. 낯선 세상에 홀로 떨어진 크리커에게 단 한 명의 조력자라도 있으면 나쁘지 않을 것이라는 생각 때문이었다. 아니라고 부정해도 그날, 싸우고 다친 나를 공원 벤치에서 돌봐 주던 크리커의 따뜻한 눈빛을 떨칠 수가 없었다. 내가 크리커를 돕는 이유는 그걸로 충분했다.

"크리커."

"응?"

나는 크리커를 건물 쪽으로 바싹 붙어 걷게 했다. 그늘진 인도를 걷는 크리커의 발걸음이 조심스러웠다.

"당분간 비밀로 하자, 네 그림자."

크리커가 "응"이라고 대답했다. 나는 기운 없는 모습이 안쓰러워 괜히 크리커의 머리에 알밤을 콩 때렸다. "아얏! 왜 때려" 하면서 나를 쏘아보는 크리커를 보니 조금은 안심이 되었다. 내 의도를 알아챘는지 크리커가 피식 웃었다.

"그런데 한조야. 애들이 혹시나 내 그림자가 없다는 걸 알아채면 어떡하지?"

나는 심호흡을 하고 손을 홱 잡아당겨 크리커를 햇살 아래로 끌어당겼다. 크리커가 짧은 비명을 질렀지만 나는 아랑곳하지 않았다.

"크리커, 대한민국 고등학생이 얼마나 바쁜데. 네 그림자만 한가롭게 쳐다보는 인간은 없어."

크리커가 슬며시 내 새끼손가락을 잡았다. 나는 뿌리치지 않았다. 누구든 한 번쯤 타인에게 슬쩍 기대고 싶은 날이 있다는 것을 아니까.

『한국 괴물 백과』에 나온 희랑은 머나먼 나라에서 신라로 온 자였다. 그는 해인사의 승려로 지냈는데 천흉승, 가슴에 구멍이 뚫린 승려라 했다. 가슴의 구멍은 벌레 먹은 자국이라고도 했고, 산에 모기가 많아 사람들이 고생하자 희랑이 자신을 희생해 다른 사람이 아닌 자신의 피만 빨아 먹으라고 가슴에 일부러 구멍을 냈다는 설도 있었다. 희랑의 뚫린 가슴은 그 자신에게는 약점이요, 희생의 상징이기도 했다.

나에게 크리커는 약점도, 누군가를 위해서 자신을 던져야 할 희생양도 아니었다. 크리커는 크리커. 열일곱 나에게 갑자기 찾아온 특별한 친구였다.

햇살 아래 나란히 선 우리 둘의 모습이 카페 유리창에 비쳤다. 바닥에 그려진 그림자는 하나뿐이었다. 그리고 아주 잠깐 희미한 빛줄기가 내 그림자 옆에 머물다 사라졌다.

너의 그림자, 퍼즐

✦
⋮

세상에는 죽었다 깨어나도 못 할 일이란 것이 있다. 잭슨 폴록의 작품으로 만든 퍼즐이 그랬다.

"아무리 어렵고 답이 안 보여도 말이다. 세상에 인간이, 그것도 앞길 창창한 젊은이가 해내지 못할 일은 없다는 거다."

보현 스님은 퍼즐 조각 앞에서 호언장담을 했다.

"스님, 잭슨 폴록이 누군지는 알아요?"

대놓고 무시하려는 의도는 없었으나 내 말투가 보현 스님의 심기를 거스른 모양이다. 스님의 짙은 눈썹이 꿈틀거렸다.

"한조, 네가 날 아주 기억니은도 모르는 사람으로 아는구나?"

"어? 그럼 알아요, 잭슨 폴록?"

보현 스님이 크게 기침을 하더니 숨을 고르고 옷매무새를 매만졌다.

"잭슨 폴록, 잭슨 폴록."

방바닥에 흩어진 퍼즐 조각 하나를 집어 들더니 보현 스님이 목에 힘을 주고 말했다.

"20세기 미국 추상표현주의 작가가 아니냐. 에헴, 액션페인팅을 주도했으며…… 알지, 액션페인팅? 막 물감을 쫙쫙 뿌려서 그리는 거. 미국에서 가장 위대한 예술가 반열에 오른 인물이지."

스님이 되기 전, 주먹질로 하루 24시간이 모자랐다는 보현 스님이 이토록 해박한 미술사 지식을 갖고 있을 줄이야! 전직 이종격투기 선수인 스님을 그동안 주먹이나 쓰던 건달로 취급했던 내 자신이 부끄러워지는 순간이었다.

방문이 열리고 크리커가 간식거리를 갖고 왔다. 소쿠리에 뻥튀기가 한가득이었다.

"어? 아버지 스님, 다리 사이에 그게 뭐예요?"

"뭐?"

나는 크리커의 말이 끝나기가 무섭게 몸을 날려 보현 스님을 덮쳤다. 스님은 방어 자세로 돌변했지만 제대로 자세를 취할 수가 없었다. 원래 지켜야 할 것이 많은 사람은 불리한 법이다. 스님의 다리 사이에 있는 휴대폰이 약점이었다. 굳이 확인하지 않아도 스님이 휴대폰을 사수하려는 이유를 알 것 같았다. 잭슨 폴록, 발음을 곱씹듯이 외칠 때 알아챘어야 했는데.

"휴대폰 보여 주세요! 검색했죠, 스님?"

"어림도 없다, 이놈아. 떨어져라, 떨어져."

우리는 서로의 몸을 옭아매며 바닥을 뒹굴었다. 보현 스님이 트라이앵글 초크를 걸었다. 기본적인 기술을 걸었을 뿐인데 스님의 휴대폰에 정신이 팔려 있으니 빠져나오기가 쉽지 않았다. 스님이 바라토플라타로 기술을 전환했다. 손에 든 휴대폰을 어떻게든 숨기려는 꼼수였다.

"크리커! 스님 폰, 폰 뺏어. 어서!"

나는 이 상황에 놀라 제자리에서 옴짝달싹하지 않고 선 크리커를 향해 소리쳤다. 크리커가 어쨌거나 십 대의 수호신이라면 보현 스님보다는 동갑내기인 나를 도울 것이다.

"나이스 캐치! 뺏기면 안 돼. 들고 나가, 어서!"

크리커가 보현 스님의 손에서 휴대폰을 빼앗았다. 나는 있는 힘을 다해 스님을 막았다. 휴대폰을 빼앗긴 허탈감 탓인지 스님은 쉽게 내 암바에 걸렸다. 입가에 웃음이 저절로 피었다. 크리커가 밖으로 뛰쳐나가자마자 나는 스님을 밀어내고 달려 나갔다.

"니들, 거기 안 서냐!"

보현 스님이 우리 뒤를 따라왔다. 나는 크리커의 손을 잡고 뒷산으로 이끌었다. 산신각 너머로는 가파른 산길이 이어졌다. 나는 크리커에게 스님의 휴대폰을 건네받았다. 역시나였다.

"잭슨 폴록, 검색했네. 와, 스님…… 그렇게 봤는데 진짜 사기꾼이네."

낄낄 소리를 내며 웃었다. 웃을 일이 별로 없는 일상에 보현 스님은 단비 같은 존재였다. 이종격투기 선수라는 전직을 핑계로 스님은 내게 몸을 부딪치며 장난을 걸었다. 나는 스님의 행동을 이해할 수 있었다. 암바를 걸고 칸토 초크라며 날 부둥켜안는 동작은 일종의 위로였다. 늘 그랬다. 스님은 내가 울고 싶을 때에 맞춰서 격투기 동작을 써먹었으니까.

"어서 내려와, 점심 먹게. 그깟 잭슨 폴록이 대수냐?"

보현 스님이 산신각 아래서 손을 흔들었다.

"한조야, 가자. 나 배고파."

"넌 무슨 수호신이란 애가 툭하면 배고프냐? 뭐, 캡슐 같은 거 먹고 그래야 하는 거 아냐?"

우리는 앞서거니 뒤서거니 하며 산 아래로 내려갔다. 공양간 앞에서 보현 스님이 빨리 오라고 손짓을 했다. 사람이건 짐승이건 끼니를 거르면 큰일 난다고 믿는 분이었다.

"우리 딸, 배 많이 고프지? 어서 들어가서 다 같이 비빔밥 해 먹자."

보현 스님이 크리커의 등을 두드렸다. 몇 주 사이, 크리커와 스님은 진짜 부녀 관계가 된 것처럼 굴었다. 그 모습을 보고 있자니 다행이다 싶기도 했고, 괜히 이유 모를 서운함이 마음 한구석에 깃들기도 했다.

"스님 안 드셔도 난 계란프라이 하나 얹어 줘요."

휴대폰을 스님 조끼 주머니에 쓱 넣고 공양간으로 들어가려는데 크리커가 내 팔목을 잡았다.

"이것 봐, 한조야. 역시 넌 내 보호 대상이야."

의기양양한 모습으로 제 발밑을 가리키는 크리커를 따라 시선을 내렸다. 무릎까지 그림자가 제 모습을 드러냈다.

활을 잡는 순간 나는 사라져야 한다. 세상도 사라져야 한다. 존재하는 것은 활과 과녁뿐. 나를 버리면 1000리를 갈 수 있는 것이 양궁이라고 엄마가 말했다. 지금 나는 혼란스러운 마음을 떨치고 싶을 따름이었다. 더 이상 크리커를 속일 수 없게 되었다. 일단 우기고 있지만 언제까지 '넌 내 수호신이 아니다'라고 버틸 수 있을지 모르겠다. 크리커 말에 따르면 보호 대상이 성장하면 할수록 수호신의 퍼즐이 완벽해진단다.

"삼십 분 할 건데요."

계산대에 포니테일 머리를 한 여자애가 날 빤히 쳐다봤다. "아, 돈" 하며 나는 주머니에서 만 원짜리 한 장을 꺼냈다. 여자애는 돈을 받더니 역시나 나를 가만히 보기만 했다.

"왜, 왜요?"

"몇 미터 사로에서 할 건지 안 골랐는데요."

그제야 나는 벽에 걸린 메뉴판을 확인했다. 포니테일 여자애는 내 또래로 보였다. 괜히 자존심을 구긴 것 같아서 제일 긴 18미터 사로를 골랐다.

"생각보다 쉽지 않을 건데……."

혼잣말처럼 작은 소리였지만 내 귀에 또렷이 들렸다. 나는 음료수를 고르고 똑똑히 말했다.

"제가 완전 초보는 아니거든요."

주책이 따로 없었다. 괜한 대거리를 했다고 후회하는 찰나, 여자애가 고개를 끄덕이며 "파이팅"이라고 주먹을 쥐어 보이는 것이 아닌가. 얼굴에서 살짝 열이 났다. 헛기침을 하고 배정받은 사로에 가서 섰다. 포니테일 말대로 18미터는 멀었다.

사로에 서서 과녁지를 노려보고 있는데 포니테일이 화살 뽑는 도구와 기록지를 갖다주었다. 안전 수칙을 알려 주는 포니테일을 바라보고 있자니 어디서 본 듯한 기시감이 들었다.

'얘를 어디서 봤더라?'

"저, 너무 오랜만이라 그러는데 자세 한번 봐 줄 수 있나요?"

귀신에 홀렸는지 나도 모르게 포니테일에게 부탁을 했다. 활을 바라보는 아이의 눈빛이 너무나 진지하고 다정해서 그랬다고 하면 말이 될까. 분명히 거절할 거라고 생각했는데 포니테일은 긍정의 뜻으로 고개를 끄덕였다. 일요일이라 그런지 양궁 카페에는 손님이 제법 많았다.

사로에 선 나는 크게 심호흡을 하고 과녁을 있는 힘껏 노려보았다. 크리커가 봤더라면 내가 눈빛만으로도 과녁을 뚫었을 거라고 농담했을 것이다. 누가 보고 있다는 사실 탓인지 온몸에 힘이 들어갔다. 스포츠는 힘을 빼야 시작된다고 엄마가 누누이 당부했건만. 그건 어디까지나 뇌가 기억하는 것이고 근육은 아무것도 기억하지 못하는 모양이었다.

역시나 불발! 과녁 정중앙과는 한참이나 떨어진 곳에 맞았다. 그나마 다행인 건 가장 낮은 점수라도 과녁에 화살이 꽂혔다는 것.

"힘이 들어가서 그래요."

"아는데 쉽지 않네요. 예전엔 별생각 없이 쐈는데."

내 말에 포니테일의 손이 가늘게 떨렸다. 머릿속에 스쳐 지나가는 장면 하나가 떠올랐다. 응급실에 실려 왔던 여자애, 그 애 이름이 뭐였더라? 그때 스치듯 본 아이는 포니테일 머리가 아니었다. 길게 풀어 헤친 머리칼을 만일 포니테일로 묶는다면?

"같이 한 게임만 해 볼래요?"

"아뇨. 그냥 한 발만 쏠게요. 힘 빼고 릴랙스."

자세를 잡는 것과 동시에 편안하고 나른한 얼굴이 되었다. 그러나 포니테일의 눈빛만은 사냥감을 바라보는 맹수의 것과 흡사했다. 나도 모르게 숨을 멈췄다. 화살이 과녁을 향해 날아갔다. 찰나의 순간, 활은 화살을 밀어내고 과녁 정중앙에 포니테일이 쏜 화살이 꽂혔다.

"오, 명중!"

활을 조심스레 내려놓는 손길에서 그 애가 얼마나 활을 애지중지하는지 알 수 있었다. 암 가드를 벗어서 자리에 놓는 손놀림을 보며 나는 응급실에서 본 아이를 떠올렸다.

'그때 그 여자애?'

응급실에 같이 따라왔던 남자가 외쳤던 이름이 뭐였더라? 안간힘을 쓰며 이름을 떠올리려고 했지만 두뇌가 따라 주지 않았다.

"음료수는 조금 있다가 자리로 갖다드릴게요. 그럼."

돌아서서 카운터로 향하는 포니테일을 아쉬운 시선으로 바라보는데 예기치 못한 소리가 들렸다.

"양해윤! 해윤아, 8사로 팀 코칭 부탁해."

그 애다, 양해윤! 응급실에 실려 왔던 아이가 맞았다. 낡은 암 가드와 핑커 프로텍션의 주인공. 크리커에게 진짜 보호 대상이라고 우겨도 될 아이였다.

양궁 카페 '엑스텐' 건물 1층에는 편의점이 있었다. 나는 편의점 앞 간이 파라솔에 죽치고 앉아 포니테일 양해윤을 기다렸다. 물론 양궁 카페에서 말을 걸었으면 좋았겠지만 다른 사람 시선도 있고, 어쨌거나 남의 일터에서 개인적인 질문을 하는 것은 상대방에게도 좋지 않을 것이란 생각에 그냥 밖으로 나와 기다리기로 결심했다.

땅거미가 짙어지고 편의점 간판에 조명이 들어왔다. 그리고 양해윤이 2층 계단에서 내려왔다. 편의점 앞을 지나치려는 순간, 나는 자리에서 벌떡 일어났다.

"저기요! 커피 드실래요?"

망했다. 바보 같은 소리를 하다니. 카페에서 온종일 아르바이트한 사람에게 커피를 마시겠냐니. 양해윤은 날 돌아보더니 알은체했다. 다행히 야속한 타입은 아니었다.

"여기서 뭐 하세요?"

"기다렸어요."

"저요? 왜?"

"아, 물어볼 게 있어서요."

뭘 알고 싶냐는 듯한 눈빛을 내는 여자애에게 나는 차마 '너에게 어쩌면 수호신이 생길지도 모른다. 나와 함께 만나러 가 보지 않겠니?'라든가 '지난 주말에 혹시 응급실에 의식 잃은 채 실려 오지 않았나요?'라고 물어볼 배짱이 없었다. 사실 그건 용기나 배짱의 문제가 아니라 배려였다. 다짜고짜 크리커를 떠넘길 예정인데 적어도 놀라게 하고 싶지 않았다.

"뭘 물어보고 싶은데요?"

"혹시, 양궁 좀 가르쳐 줄 수 있나 해서요."

"아."

부정적인 느낌의 감탄사였다. 실패할 수는 없었다. 십 대라면 그 누구라도 상관없지 않을까. 크리커는 퍼즐을 채워야만 제 세상으로 돌아갈 수 있다. 한 사람을 제자리로 돌려보낸다는 것, 제 인생을 살 수 있게 도와준다는 것은 어차피 쉽지 않은 일! 어느 세계에서나 마찬가지라는 사실이 놀랍기도 했고 반갑기도 했다. 그래서 난 포기할 수가 없었다.

"엄마가 양궁 선수였어요. 그런데 돌아가셔서 이제 양궁을 배울 기회가……. 미안합니다."

타인의 마음을 공략해서 내 잇속을 챙기는 방법 같아 파렴치한이 된 기분이었지만 내가 가진 수는 여기까지였다.

"아, 그래요. 그럼."

포니테일, 아니 양해윤이 나에게 손을 내밀었다. 나는 얼결에 그 손을 잡았다.

"하이파이브 하자는 거였는데."

"앗, 죄송."

나는 얼른 손을 뺐다. 응급실에 실려 왔던 아이라고 믿기 어려울 정도로 밝게 웃는 모습이 인상적이었다. 우리는 하이파이브를 하고 통성명을 했다. 고1이란 말에 양해윤이 피식 웃더니 내 어깨를 장난스럽게 툭 쳤다.

"난 열여덟 누나야. 근데……."

골목 끝자락에 한방 통닭 트럭이 보였다. 출출하다는 생각이 들자 배 속에서 때맞춰 신호음을 보냈다.

"통닭 먹을래요? 양궁 레슨비 대신 내가 살게."

나는 호기롭게 앞장섰다. 힐끔 돌아보니 양해윤이 내 옆에 바싹 붙어 섰다. 타박타박 걷는 발길에 눈이 갔다. 흰색 스니커즈의 끈이 리본으로 단정하게 묶여 있었다. 한 치의 오차 없이 일정한 간격으로 매듭진 모양새가 야무져 보였다.

"그냥 말 놔, 어차피 12월생이라."

통닭의 힘인가, 레슨 선생으로서의 친밀감 표시인가. 장작불에 서서히 구워지는 닭을 바라보며 우리는 침묵을 즐겼다. 한방 통닭을 굽는 트럭 앞에서 묵묵히 닭 냄새만 맡는데 양해윤이 입을 열었다.

"그런데 너, 나 알지? 오늘 양궁 카페에서 본 거 말고. 나 이래 봬도 눈치 빨라."

'아닌데'라고 거짓말하기에는 양해윤의 태도가 너무 확고해서 나는 사실대로 털어놓았다.

"며칠 전에 응급실 갔을 때 너 봤어. 기절한 상태로 실려 왔는데 암 가드도 벗지 않은 모습을 보고 생각했지. '아, 앤 프로구나!'라고 말이야."

닭다리를 뜯던 양해윤이 피식 웃더니 슬그머니 닭다리를 내려놓고 휴지로 손을 닦았다. 너무 있는 그대로 말했나? 응급실에 실려 간 사실을 밝히고 싶지 않았을 수도 있겠다는 생각이 들었지만 이미 늦었다. 나는 괜히 앞에 놓인 절임 무를 와그작 씹었다.

"흠…… 프로였지, 한때는."

"이젠 아냐?"

"응, 나 양궁 국대였는데 이번 선발전에서 탈락했어."

양해윤은 담담하게 말을 툭 내뱉더니 다시 닭다리를 씹었다. 은근한 한약 냄새가 좋다고 중얼거리는 소리가 들렸다. 나는 타이밍을 놓치고 멍하니 있다가 뒤늦게 한마디 건넸다.

"그래도 대단하다. 열여덟에 국대 전적 갖고 있는 사람이 대한민국에 몇 명이나 되겠어."

양해윤은 대답 없이 그저 닭다리만 공략했다. 그리고 날 향해 어깨를 살짝 으쓱했다. 우리는 대화 없이 한방 통닭 한 마리를 사이좋게 뜯었다. 해가 도시의 건물 사이로 떨어지고 골목 사이사이로 어둠이 스며들었다. 닭은 맛있었고 통닭이 익어 가는 냄새는 만족스러웠다.

4314127, 비밀번호를 눌렀다. 항상 3과 14 사이에서 손이 멈칫거렸다. 엄마의 생일이었다. 3월 14일 화이트데이에 태어난 엄마는 정작 사탕보다 호박엿을 좋아했다. 문을 열고 들어서니 현관에 아빠 신발이 보였다. 저녁 식사 후에 귀가하는 편인데 오늘은 다른 날보다 일찍 퇴근한 것 같았다.

불이 꺼진 거실은 마치 아빠와 나 사이를 단적으로 보여 주는 증거였다. 엄마가 있을 때는 늘 온 집에 불이 환하게 켜 있었다. 엄마의 부재를, 엄마를 잃은 슬픔을 극복하지 못한 것은 전적으로 우리 책임이었다. 나도 알고 있었다. 엄마가 이 모습을 본다면 시원하게 쌍욕을 날릴 것이다. 하지만 아빠도 나도, 도대체 어떤 방법으로 무엇을 어떻게 해야 엄마가 있었던 예전처럼 돌아가는지 잘 알지 못했다. 엄마의 장례를 치르고 나서 아빠와 나 사이의 끈이 속절없이 그냥 툭 끊어져 버린 기분이었다.

"하, 이건 왜 사 가지고 와서는……. 미치겠네."

양해윤이 통닭 한 마리를 포장하기에 얼결에 나도 포장을 해 왔다. 안방 문틈으로 불빛이 비쳤다. 은박지에 싸인 통닭이 아직 따뜻했다. 가끔 아빠가 그랬던 것처럼 나도 흉내를 내 보기로 했다.

"식탁에 통닭 있어요. 아직, 따뜻해요."

아직 따뜻하다는 말을 하는데 목이 잠겼다. 나는 식탁 위에 통닭을 놓고 내 방으로 들어갔다. 배는 부르고 집은 따뜻했지만 어쩐지 마음이 허전했다. 침대에 누워 창밖으로 고개를 돌렸다. 별 하나 뜨지 않았는데 나는 괜히 "별 하나, 나 하나" 따위를 중얼거려 보았다. 어린 시절, 엄마가 양궁 연습을 하러 갔을 때면 아빠가 날 재울 때 하던 습관이었다.

아빠가 내 방문을 두드렸다. 나도 모르게 침대에서 벌떡 일어나 앉았다. 미동조차 하지 않고 방문만 뚫어져라 쳐다보았다.

"저녁은 먹었니?"

"네."

"아, 그래. 통닭…… 맛있겠다."

얼마든지 대화를 이어 갈 수 있었다. 그런데 이상하게 나는 단답형의 대답을 하고 나면 머뭇거리게 되었다.

"엄마가 가지 못하게 말렸어야지!"

사고를 접한 아빠가 내게 했던 말은 이것뿐이었다. 그러나 나는 그 이상을 상상했다. 애당초 내가 정의감이니 뭐니에 휩싸여 남 일에 끼어들지만 않았더라면. 아빠의 눈빛에서 읽어 낸 말들은 날카로운 화살이 되었다. 그 화살을 나는 아직도 내 영혼 곳곳에서 뽑아내지 못하고 있는 것일까.

나는 다시 침대에 누웠다. 눈을 감고 창밖의 별을 세는 일도, 그날 내게 쏟아졌던 아빠의 질책도 떠올리지 않으려고 애를 썼다. 그러나 다시 노크 소리가 들리고 방문이 열렸다.

"한조야, 네 여친 크리커는 잘 지내니?"

아무것도 보지 않으려고 눈을 감고, 대꾸하지 않으려고 입을 꾹 닫고 있었는데 귀가 그만 아빠의 목소리가 전하는 미세한 떨림을 듣고 말았다. 나는 자리에 일어나 앉아 방문을 열었으나 방 안으로 들어오지 못하는 아빠와 시선을 마주했다.

"크리커는 잘 지내요."

"아, 그래."

발길을 돌리다 말고 아빠가 내게 물었다.

"크리커는 통닭 좋아하나?"

나는 아빠의 그 물음이 이렇게 들렸다. '같이 먹겠니?'라고. 침대에서 일어나 아빠를 향해 나아갔다.

"같이 드실래요? 저 한방 통닭 엄청 맛있어요."

그제야 별 하나, 나 하나가 아니라 아빠 한 조각, 나 한 조각의 닭고기를 나눌 수 있는 첫걸음을 떼었다.

한바탕 난리가 났다. 변명하고 싶지도 않았고 진짜 여자 친구도 아닌 수호신에게 내가 왜 사사건건 내 행동을 보고해야 하는지 이해 불가능이었다. 모든 것이 몸에 좋고 맛도 좋은 한방 통닭 때문이라면 설명이 될까.

"크리커, 너 좀 더 빡세게 굴어. 이한조가 훤한 저녁에 어떤 여자애랑 단둘이 히히덕거리면서 닭다리를 뜯더라. 너한테 한조가 닭다리 사 준 적 있어?"

쉴 새 없이 쏟아 내는 연주의 말에 크리커는 반쯤 넋이 나간 표정을 짓더니 닭다리 사 줬냐는 멘트에 맞춰 나를 노려보았다. 하마터면 나도 진짜 여자 친구에게 추궁당하는 바람피우다 걸린 사람처럼 움찔할 뻔했다.

"그런 거 아냐. 나중에 얘기해."

"나중은 무슨 나중! 흥, 가자, 크리커."

크리커가 뭐라고 말하기도 전에 연주가 중간에 톡 끼어들었다. 애당초 내가 끼어들 틈도 없이 우리 둘 사이를 갈라놓더니 크리커의 팔짱을 끼고 음악실로 가 버렸다.

옆구리에 음악책을 끼고 복도로 나섰다. 시작종이 울리기 전에 미리 와서 화성학 연습을 강조하는 음악 때문에 반 아이들은 이미 교실을 전부 빠져나간 뒤였다.

복도 모퉁이를 돌려는데 누군가의 발이 내 앞을 가로막았다. 말 그대로 발 하나가 내 가슴팍 앞을 가로지르고 벽에 착지! 권승재였다. 나는 굳이 권승재에게 다리가 짧다는 말을 하지 않고 참았다. 그저 권승재 얼굴 한 번, 다리 한 번을 번갈아 봤을 뿐.

"하, 이상하게 나는 기분이 나쁘단 말이지. 이한조, 널 보면."

"응, 그래."

매번 이렇게 시비 걸어 주는 정성이 고마워서라도 묵묵부답하기보단 한 번쯤 대답해 줘도 괜찮겠지 싶었다. 그런데 녀석에게는 "응"이라는 대답이 더 언짢았나 보다.

"내가 너 약점 잡아서 찍어 누를 거야. 재밌겠지?"

나는 알아들었다는 뜻으로 눈을 한 번 끔뻑했다. 권승재 무리가 "어우, 시발. 입 좀 열어라" "승재야, 너무 젠틀하다" 하고 투덜대며 발로 벽을 차고는 사라졌다. 도대체 뭘 하자는 건지 모르겠다.

"이한조."

뒤를 돌아보자 지승현이 할 말이 있는 듯 서 있었다. 음악책을 두 손으로 돌돌 말고 있는 모습이 긴장한 것 같기도 하고 뭔가 각오를 한 듯한 모습이기도 해서 나는 지승현을 눈여겨보았다.

"저기, 할 말이 있어."

"음악실 안 가? 가면서 얘기해, 그럼."

복도에서 더 지체했다간 음악보다 음악실에 늦게 도착할 것이다. 그랬다간 벌칙으로 앞에 서서 독창을 해야 했다. 안타깝게도 난 애들 앞에서 독창 솜씨를 뽐낼 만큼 수준급의 음색을 갖지 못했다.

지승현이 내 교복 상의를 잡아당겼다.

"뭐냐?"

화들짝 놀란 지승현이 내 옷에서 손을 뗐고 그 바람에 음악책이 바닥에 떨어졌다. 나는 음악책을 주워 지승현에게 건넸다. 잠시 머뭇거리더니 지승현이 음악책을 받아 움켜쥐었다. 가능하면 지승현의 이야기를 복도에서 들어주고 싶지만 이제 수업 시작종까지 울렸다. 사정을 봐줄 만큼 지승현과 내가 친한 사이도 아니고 나는 미련 없이 발길을 옮겼다.

"이한조, 크리커가 말이야. 너도 알아?"

이건 또 무슨 장난질이란 말인가.

"알다니, 뭘?"

"그림자…… 없더라. 비밀이면 모른 척하고."

아이들 사이에서 따돌림당하고 겉도는 지승현이 불쌍하거나 도와줘야겠다거나 하는 특별한 마음이 있던 것은 아니었다. 난 그저 다수가 한 명에게 폭력을 행하는 비겁함이 거슬렸던 것뿐이었다. 그런데 얜 왜 비밀을 안다고 내 발길을 붙잡는 것일까.

나는 지승현의 입을 쏘아보았다. 저 입에서 나올 다음 말이 궁금했다. 그리고 그 말의 시작이 크리커였을 때 나는 발길을 멈출 수밖에 없는 입장이 되고 말았다.

"크리커…… 그림자 없다는 거, 내가 알아봤어."

지승현의 멱살을 잡고 복도 구석으로 끌고 갔다. 숨통을 조일 듯이 멱살 잡은 손에 힘을 실었다. 녀석의 얼굴이 새빨갛게 변했지만 아랑곳하지 않았다.

"시끄러워. 입 닫아, 죽기 전에."

손에 힘을 살짝 풀어 녀석의 숨통을 풀어 주었다. 나는 방금 한 행동으로 지승현에게 협박을 한 것이나 마찬가지였다. 얼굴을 들이밀고 지승현의 눈동자를 매섭게 쏘아보았다. 그런데 평소 지승현에게 어려 있던 두려움이 가신 눈동자였다.

"하지만 애들은 모를 거야. 남 일에 관심 없으니까."

나는 멱살을 풀지 않은 채 지승현을 향해 이를 드러내고 웃었다.

"그래서 뭐? 무슨 말이 하고 싶은 건데?"

지승현이 내 눈을 피하지 않고 또박또박 제 목소리를 내기 시작했다.

"네 비밀, 누구한테도 말하지 않을게. 그러니까 이한조…… 나랑 친구 해."

보현 스님과 맞추던 잭슨 폴록의 퍼즐이 생각났다. 끝없이 이어지던 선과 선. 어디부터 맞춰야 완벽에 가까워질 수 있을까.

엑스텐

✦
⋮

"이한조!"

지승현이 먼저 엑스텐에 와 있었다. 입구에 들어서는 날 보더니 반갑게 손을 흔들었다. 나는 얼결에 손을 들어 보였다. 카운터 근처 테이블을 힐끔 본 크리커가 내 옆구리를 쿡 찔렀다.

"쟤 여기 왜 왔어?"

"그게…….."

크리커에게 뭐라고 해명하기도 전에 지승현이 우리 곁으로 다가왔다. 어색한 분위기를 막아 보려고 자연스럽게 인사를 건네려는데 크리커가 한발 빨랐다.

"너, 이한조랑 친해? 여기 어떻게 왔어?"

"아, 한조가 얘기 안 해 줬구나."

크리커가 '이게 다 무슨 소리냐?'는 눈빛을 보냈다. 이제 와서 입을 떼 봤자 별수 없을 것이다. 한 무리의 초등학생들이 양궁 카페로 몰려들었다. 나는 딴청을 피우며 애들에게 시선을 옮겼다. 하지만 온갖 신경이 크리커와 지승현에게 쏠렸다.

"한조가, 뭘?"

"크리커, 너 들켰어."

"들키다니, 뭘?"

크리커의 얼굴을 빤히 보던 지승현의 시선이 크리커가 서 있는 바닥으로 내려갔다. 설마, 하는 눈빛으로 크리커가 지승현을 바라보았다. 차분한 얼굴로 지승현은 고개를 끄덕이며 속삭였다.

"그림자, 다 들켰어. 하지만 걱정 마, 우리는 친구니까 비밀 지킬게."

지승현의 말에 크리커의 눈이 휘둥그레졌다. 홱 고개를 돌려 나를 쏘아보는 크리커에게 나는 아무 잘못 없다는 듯 두 손을 들어 보였다.

"지승현, 너 양아치구나. 한조 협박했니?"

나는 크리커의 언어 습득력에 감탄했다. 보현 스님과 살더니 거침없는 단어 선택이 날이 갈수록 탁월해지고 있었다.

"크리커, 최선을 다해서 나도 도울게."

평소의 지승현과 다른 모습이었다. 권승재에게 꼼짝도 못 하던 모습은 사라지고 약간 상기된 얼굴로 신이 난 듯했다. 크리커는 지승현에게 주먹을 보이며 으르렁거렸다.

"너, 〈마블〉 시리즈 봤지? 난 걔들보다 한 단계 위급이야. 신이거든, 수호신. 그러니까 알아서 처신해."

크리커의 말에 지승현이 웃었다. 녀석이 저토록 활짝 웃는 모습은 나도 처음이라 신기했다. 나에게 "나랑 친구 해"라고 말하던 지승현의 긴장된 표정이 떠올라 가슴 한구석이 찡하기도 했다. 인간은 원래 외로운 존재라고 하지만 개인이 감당해야 할 외로움에도 적정선이 있는 게 아닐까.

카운터 주변을 둘러봤지만 아직 출근하지 않았는지 양해윤의 모습이 보이지 않았다. 어떻게 도울 거냐며 지승현을 추궁하는 크리커와 일단은 비밀을 유지하는 것 자체가 돕고 있는 거라고 대꾸하는 지승현을 엿보면서 나쁘지 않은 조합이라고 생각했다. 아무것도 모르는 두 사람 모습에 입꼬리가 올라갔다.

'양해윤 정도면 크리커가 보호 대상으로 삼기에 딱이지. 언니 같으니 잘 보살펴 주겠지.'

카운터 뒤편 '직원 전용'이라고 푯말이 걸린 문이 열렸다. 기다리던 양해윤이 긴 머리를 포니테일로 묶으면서 나왔다.

"레슨은 너 혼자 받는 거 아니었어?"

양해윤이 우리 셋을 둘러보았다. 어쩌다 보니 양궁 카페에서의 첫 레슨이 사자 대면 자리가 되어 버렸다.

"한조야, 쟤야?"

크리커가 눈을 찡긋거리며 물었다. 하지만 목소리가 커서 양해윤이 다 들어 버렸다.

"응, 나야. 뭔지 모르지만. 그리고 너! 한조 친구면 나보다 한 살 어리네? 쟤 말고 언니라고 불러."

이 세상의 호칭에 대해 크리커에게 어떻게 설명을 해 줘야 하나 고민하는 순간, 불쑥 튀어나온 지승현의 한마디에 의도치 않은 웃음이 터져 나왔다.

"누나, 지승현입니다. 잘 부탁드려요, 양궁 처음이거든요."

사람은 겪어 봐야 안다더니. 그동안 내가 봐 왔던 지승현이 맞나 의구심이 들었다. 어쩌면 저 애는 어둡고 외로운 터널에서 나오기 위해 최선을 다해 발버둥 치고 있는지도 모른다. 그래서 나는 날 협박하던 순간 절박해 보였던 지승현의 눈동자를 피하지 못했던 것이리라.

분명 오늘 자리는 양해윤이 크리커의 진짜 보호 대상이 맞는지 확인할 겸 만든 것이었다. 그런데 내가 의도한 것과 다르게 상황이 묘하게 흘러가기 시작했다.

양궁 초짜들을 생각해서 간단히 5미터 사로에서 게임을 하려고 했지만 크리커와 지승현이 짜기라도 한 듯 "안 돼!"를 외쳤다. 둘은 죽마고우처럼 의견이 일치했다. 결국 12미터 사로에서 연습을 해 보겠다고 우기는 바람에 양해윤은 초짜 둘을 데리고 양궁의 기초부터 설명해야만 했다. 스탠스 자세부터 헤매는 둘을 데리고 양해윤은 대충이라는 법을 모르는 사람처럼 굴었다.

"그냥 쏘면 안 될까?"

크리커의 말에 양해윤이 어림없다는 듯 고개를 저었다.

"어깨 넓이로 정확히 다리를 벌리고 서도록 해. 제대로 서야 흔들림 없이 활을 쏠 수 있다고."

지승현은 진지하게 자세를 취했다. 현에 화살을 끼우는 노킹 자세까지 배우고 나자, 제일 중요한 그립 자세가 기다리고 있었다. 나는 지승현 곁에 다가가 한마디 거들었다.

"활을 잡고 있는 손으로 그립을 정확히 밀어. 활을 손으로 움켜쥐지 말고 그냥 밀기만 하고 있어야 해."

나는 지승현의 옆에 붙어 서서 살짝 손을 밀어 주었다. "고마워"라는 지승현의 말에 괜히 마음이 간질거렸다. 누군가에게 고맙다는 말을 들은 것이 오랜만이란 생각이 들었다.

"오오, 제법인데 이한조? 네 친구들 앞에서 시범 한번 보여 줘."

나는 양해윤의 말에 오케이 사인을 보냈다. 자세를 취할 때마다 소리 내어 내가 하는 동작을 외쳤다.

"손가락에 현을 걸면 후킹, 활을 들어 올려 셋업, 활 당기기, 손을 턱 아래에 고정하고 앵커, 숨을 들이쉬면서 활을 당기고 풀 드로, 릴리스, 발사!"

슉. 과녁을 향해 날아가는 활과 화살의 움직임은 순식간이다. 긴장된 근육이 눈 깜짝할 사이에 풀리는 찰나의 순간이 나는 좋았다. 뭐든 다 이뤄질 것만 같은 홀가분한 순간! 그러나 엄마는 그때의 무게가 가장 무겁다고 했다. 내가 짊어진 모든 것을 되돌릴 수 없는 순간이라고 했다.

"와, 명중이다!"

크리커가 자리에서 뛰며 제 일처럼 기뻐했다. 10점은 아니었지만 8점과 9점 사이에 화살이 꽂혔다. 나는 그제야 폴로 스루 자세를 풀었다. 동작을 옆에서 지켜보던 양해윤의 눈썹이 보기 좋게 휘어졌다. 내 어깨를 툭 치더니 한마디 건넸다.

"이한조, 제법이다. 역시 궁사의 아들이네."

양해윤이 카운터를 보기 위해 자리를 뜨자 지승현과 크리커가 날 향해 박수를 쳤다. 옆 사로에서 2~4점 사이를 배회하던 커플이 부러운 듯 우리 쪽을 흘깃거렸지만 나는 아랑곳하지 않았다. 평소라면 쑥스러웠을 텐데 오늘따라 어깨에 힘이 들어갔다.

"한조야, 나랑 승현이랑 내기할 테니까 심판 봐. 오케이?"

크리커의 급작스러운 제안에 지승현은 꼼짝없이 활을 들어야 했다. 어디서 봤는지 올림픽 경기처럼 진행해 달라는 요구까지 했다. 장난처럼 시작된 시합이 둘의 지나치게 진지한 자세로 분위기가 전환되었다. 옆 사로의 커플까지도 둘의 경기를 관전하기에 이르렀다.

크리커의 한 발이 허공을 갈랐다. 확신에 찬 듯한 자세는 여유로워 보이기까지 했으나 안타깝게도 과녁 가운데 명중은 실패였다. 지승현의 한 발이 뒤이어 과녁을 뚫었다. 우리는 점수 확인을 위해 과녁판으로 향했다.

"넌 6점. 크리커는 5, 아니다 4점."

"야! 이한조 똑바로 확인해."

다시 봐도 4점이었다. 내가 시력 하나는 끝내주게 좋았다. 양쪽 시력 1.5였으니까. 갑자기 지승현이 두 팔을 번쩍 들어 올리더니 크리커를 향해 의기양양한 목소리로 말했다.

"야, 수호신이라면 명중을 해야지. 4점이 뭐냐?"

양궁을 하면서 둘 사이가 제법 가까워진 모양이었다. 지승현이 가벼운 농담까지 건네다니. 잔뜩 약이 오른 크리커도 지지 않고 대답했다.

"웃긴다, 지승현. 어쩌다 맞힌 주제에. 수호신이라고 다 활 잘 쏘냐?"

"그래도 신인데 엑스텐은 가볍게 맞혀야 하는 것 아니냐? 신화 읽어 봐. 거기 보면 신들은 활을 쏘기만 하면 죄다 백발백중이잖아."

듣고 보니 지승현 말이 틀린 것 같지는 않았다. 내가 봤던 만화에서도 신들은 활을 잘 다뤘으니까. 하다못해 〈마블〉 시리즈에서 호크아이만 봐도 활 다루는 데에 천재가 아니던가.

"신이든 인간이든 노력과 연습 없이 엑스텐은 절대 불가능이야."

양해윤이 돌아왔다, 등 뒤에. 우리 셋은 그 자리에 얼어붙었다.

어디까지 엿들었지? 천천히 뒤를 돌아보는데 초등학생들이 활을 들고 장난치는 모습이 눈에 들어왔다. 슬로비디오처럼 아이들의 활이 우리 쪽을 향했고 화살이 순식간에 날아왔다.

"안 돼!"

누군가의 입에서 터져 나온 비명인지 확인하기도 전에 정신을 차려 보니 우리 넷 모두 바닥에 엎드려 있었다. 크리커가 양해윤을 끌어안은 채였다. 역시 수호신은 수호신이었다. 그리고 나는 그 둘을 붙들고 있었다.

내 눈은 바닥에 엉켜 있는 크리커와 양해윤을 지나 크리커의 퍼즐을 더듬어 확인하기 시작했다.

"없, 없어."

무릎을 넘어섰던 크리커의 퍼즐이 종아리쯤에서 희미해져 있었다. 숨을 고르고 다시 돌아봤을 때 그림자는, 크리커의 퍼즐은 나타나지 않았다.

삼겹살을 접시에 담는데 크리커가 곁에 다가와 속삭였다. 자연스럽게 보이려고 상추와 깻잎이 든 바구니를 들고 있었지만 남들이 보면 눈치챌 만큼 내게 바싹 기대 있었다.

"이한조, 괜찮아?"

"됐어."

아까 넘어지면서 팔꿈치가 바닥에 쓸렸다. 그 바람에 살갗이

벗겨졌다.

"나한테 해윤 언니 묶을 생각 하지도 마. 다 알아, 네 생각."

속마음을 간파당해서 움찔했지만 최대한 침착하게 보이려고 애꿎은 팔꿈치 피딱지를 만지작거렸다.

"난 한조, 네 수호신이지 그 누구의 수호신도 될 생각 없어."

수호신은 말 그대로 신인 줄 알았다. 전지전능한 신. 그래서 수호신 따위는 필요 없다는 내 뜻을 크리커가 알아서 눈치챌 거라고 확신한 내가 어리석었다. 크리커는 그런 면에서 신적인 능력이 제로였다.

"크리커, 너희 세계에서는 자기가 지켜야 할 보호 대상한테 위치추적기 같은 거 안 달아 놔?"

비아냥이었다. 일이 계획대로 흐르지 않고 엉뚱한 방향으로 튀어 버린 탓에 짜증이 났다.

"말했잖아. 내가 그렇게 싫어? 그럼 빨리 제대로 성장해. 그래야 퍼즐이 완전해지고 네 눈앞에서 사라질 수 있으니까."

"왜 나한테 화를 내? 네가 예비라서 이렇게 어정쩡한 능력을 갖고 있는 건 아니고?"

급기야 크리커는 불같이 화를 냈다. 삼겹살을 가져가려고 기다리던 아저씨가 우리를 보며 말했다.

"친구들, 그렇게 싸우면 쓰나. 싸울 때 싸우더라도 아저씨가 삼겹살 좀 가져가게 길 좀 비켜 줄래?"

말투는 더할 나위 없이 부드러웠지만 눈매는 매섭게 우리를 쏘아보고 있었다. 우리는 얼른 길을 내주었다. 고기 뷔페에서 소리 내서 싸우는 모양새도 남 보기에 안 좋을 테지.

"일단 먹고 다시 얘기해."

소리를 지르는 바람에 바닥에 떨어진 상추 몇 장을 주워서 크리커 손에 쥐여 주었다. 자리로 돌아가자 지승현과 양해윤이 사이좋게 불판에 고기를 굽고 있었다.

"왜 그런 거야? 싸우는 소리가 여기까지 들리더라."

양해윤이 걱정스러운 눈초리를 보냈다. 지승현도 대놓고 묻지는 않았지만 테이블 밑으로 내 발을 툭 찼다. 그 행동의 의도만으로 무엇을 궁금해하는지 알 수 있었다.

"크리커가 삼겹살 싫다고 하길래, 그냥 아무거나 좀 먹으라고."

"하, 웃기시네."

"야!"

나는 수호신 놀이는 이쯤해서 굿바이 하고 싶은 심정이었다. 지승현이 내 앞접시에 바삭하게 구운 삼겹살 한 점을 올려 주었다.

"그만해, 오늘같이 좋은 날."

양해윤도 우리 사이를 풀어 주려는지 음료수를 컵에 따르더니 건배 제의를 했다. 탄산을 먹지 않는 나는 극구 사양했지만 더 사양했다가는 양궁 레슨은 없다는 양해윤의 말에 묵묵히 잔을 들었다. 사실 양궁 레슨만 해도 그렇다. 모른 척하면 그만인데 괜한 오지랄에 크리커가 돌아갈 방법을 마련하느라 얼마나 머리를 썼는데……. 크리커만 아니면 굳이 양해윤에게 레슨을 받겠다고 할 이유가 없었다.

"뭘 위해 건배할까, 우리?"

콜라가 담긴 잔을 들고 양해윤이 물었다. 유리잔 안에서 작은 기포가 쉼 없이 솟아나고 있었다. 생각해 보면 이상한 조합이었다. 학교 공식 왕따 지승현, 알 수 없는 세상에서 뚝 떨어진 수호신 크리커, 보호 따위는 필요 없는데 졸지에 크리커의 보호 대상이 된 나, 그리고 크리커를 속이려고 대타 보호 대상이 될 뻔한 양해윤까지.

"내 퍼즐을 위하여!"

말릴 새도 없이 크리커가 외쳤다. 와, 저렇게 멍청할 수가! 그러니까 얘가 정식 수호신이 아니라 예비 딱지를 달고 있지. 지승현도 당황했는지 건배하기도 전에 탄산을 벌컥 들이켰다. 양해윤만 알 수 없는 상황에 호기심 어린 눈으로 크리커를 쳐다봤다.

"퍼즐? 퍼즐이 뭔데?"

양해윤의 질문이 떨어지기가 무섭게 셋은 동시에 대답했다.

"잭슨 폴록."

이것은 내 대답이었고.

"몰라."

이건 지승현의 대답. 그리고 크리커의 대답은 어처구니없게도 가장 정직했다.

"그림자."

이쯤 되면 소설을 하나 써서 양해윤에게 미친 척하고 사실대로 말해서 두 번 다시 상종할 수 없는 인간으로 낙인찍히는 것이 최선이었다. 그렇다면 '누가 그 총대를 메야 할 것인가'라고 한다면 당연히 수호인 크리커의 역할이라고 나는 확신했다. 그러나 모든 시선이 내게 쏠렸다.

"왜?"

유리잔을 테이블에 내려놓더니 양해윤이 팔짱을 끼고 날 빤히 바라보았다.

"왜라니? 이 상황을 설명할 적임자가 이한조, 너잖아."

"그러니까 그게 왜 나야?"

셋의 눈동자가 일제히 내게 향했다. 지승현이 먼저 입을 뗐다.

"나는 한조, 너 따라 여기 왔고."

크리커가 못마땅한 얼굴로 날 가리켰다.

"나는 한조, 네가…… 진짜를 보여 준다고 해서 따라왔고."

양해윤이 알쏭달쏭한 크리커의 말에 잠깐 고개를 갸웃거리더니 날 보며 말했다.

"이한조, 난 네 친구들 오늘 처음 봤어. 그러니까 우리 모두를 알고 있는 네가 설명해."

이럴 줄 알았다. 하지만 도대체 어디부터 어디까지 설명을 해야 할까. 도무지 감이 잡히지 않았다. 갑자기 논술학원 다닐 때 선생님이 귀에 딱지가 앉도록 했던 이야기가 뇌리에 스쳤다.

'어려울 땐 무조건 두괄식이다!'

이러니저러니 머리 굴리지 말고 결론부터 들이밀어라, 두괄식! 나는 세 사람의 시선을 고스란히 받으며 먼저 크게 한 쌈 싸서 천천히 씹었다. 임팩트 있는 한 방이 필요한 때였다. 여유롭게 고기 쌈 먹을 때냐, 하는 크리커의 눈빛을 읽었지만 무시했다. 아밀레이스와 잘 섞인 쌈이 식도를 타고 넘어가자 나는 손가락으로 양해윤을 콕 찍었다.

"네가 그 증거야!"

수수께끼 같은 내 말에 양해윤의 이마가 일그러졌다. 잔주름이 생겼지만 활을 쏠 때와 달리 인간적인 분위기여서 좋아 보였다.

"내가 증거라고? 무슨 증거? 똑바로 알아듣기 쉽게 말해, 이한조."

어차피 세상에 영원한 비밀은 존재하지 않는다. 비밀을 비밀로 유지할수록 일은 점점 더 꼬이고 어려워진다. 어쩌면 비밀은 누군가에게 외치는 SOS가 아닐까. 초강력 구조 신청쯤이 아닐까.

"퍼즐은 크리커의 그림자를 부르는 말이야. 앤, 이 동네 사람이 아니라 먼 동네에서 온 수호신이거든."

지승현은 아직도 적응이 안 되는지 쿡쿡대며 소리 죽여 웃었다. 나는 지승현에게 경고의 눈빛을 보냈다. 이야기를 시작하자 나머지는 쉬웠다. 크리커가 스스로 이야기를 들려주었기 때문이다. 모든 십 대에겐 그들을 지키는 수호신이 존재한다는 대목에서 지승현은 아련한 눈빛이 되었다.

"나에게도 수호신이 있을까?"

아주 작은 소리였지만 한숨 쉬듯 내뱉는 지승현의 목소리가 귓가에 똑똑히 들렸다. 지승현에게는 그동안 수호신이 절실했을지도 모르겠다.

양해윤은 크리커의 이야기를 듣는 동안 석고상처럼 꼼짝도 하지 않았다. 크리커가 진짜 보호 대상을 찾아야 하고, 그 애가 처한 어려움을 도와야 한다는 말을 듣고서야 고개를 돌려 날 보았다.

"내가 그 증거라는 거지? 크리커가 날 도우면 퍼즐이 채워지고, 임무를 완수해서 정식 수호신도 되고 살던 곳으로 돌아갈 수 있다는 거, 맞아?"

나는 천천히 고개를 끄덕였다.

"그건 한조 생각이고 난 달라. 난 이한조 수호신이라 언니, 넌 필요 없거든."

단호한 크리커의 말에 양해윤이 갑자기 소리 내어 웃었다. 그 웃음소리가 아프게 느껴진 것은 나의 착각일까.

"너희 참 이기적이다. 아니, 수호신은 원래 이기적이니? 도와 달라고 하지도 않았는데도 와? 난 부른 적 없어. 그리고 지승현, 넌 너에게도 수호신이 있을까, 하고 말했지? 넌 그럼 네 수호신

기다렸단 거네? 지승현, 네 수호신 왔니?"

공격적인 양해윤의 모습에 모두 당황했다. 나는 그 모습 뒤에 우리가 읽어 내지 못한 상처가 존재할지 모른다는 생각이 들었다.

"모든 수호신이 보호 대상 앞에 나타나지는 않아. 그건 보호 대상이 수호신을 간절히 부를 때……."

"그만해, 크리커."

양해윤이 크리커를 저지했다. 싸늘한 표정과 목소리에 크리커도 더 이상 말하지 않았다.

"한조 너는 원치도 않았는데 크리커를 만났고, 자기 수호신을 떨어뜨리려고 날 이용하려 했던 거네?"

양해윤은 조용히 숨을 몰아쉬더니 낮은 목소리로 그러나 똑똑히 말했다.

"내가 죽도록 간절히 원할 때, 그날 내 곁에 아무도 오지 않았어. 그러니까 크리커, 모든 십 대에겐 그들을 지켜 주는 수호신이 존재한다는 말은 개뻥이야."

나는 양해윤의 굳은 얼굴을 보며 과녁에서 완전히 빗나간 화살을 떠올렸다. 양궁 카페에서 엑스텐만 정확하게 맞히던 양해윤은 사라지고 없었다. 어둠 속으로 멀리 날아가 버린 화살을 우리는 어디에서 찾을 수 있을까.

Help

✦
⋮

'물리적인 도움이 아니라 정신적인 도움이 필요해.'

양해윤과 헤어지고 집으로 돌아오는 길, 내내 가슴속에서 소용돌이치는 외침을 도무지 무시할 수가 없었다. 양해윤이 겪은 과거의 시간이 궁금해졌다. 하지만 쉽사리 무슨 일이냐고 묻지도 못하고 돌아섰다. 내 마음과 달리 양해윤에게 자칫 가벼운 호기심으로 읽힐까 주저했던 까닭이다.

담벼락 위로 길고양이 한 마리가 나와 크리커의 뒤를 밟았다. 크리커는 그 작은 생명체에게 한껏 반한 눈치였다. 손을 내밀었으나 도도한 길고양이는 크리커를 힐끗 쳐다만 볼 뿐 크리커의 손에 닿지 않는 거리만큼 유지한 채 우리를 따라왔다.

"퍼즐이 이상해. 양해윤도 구했고 너도 도왔어. 그런데 그림자가 무릎까지 나타났다 다시 사라졌지."

크리커는 제 그림자가 나타나지 않자 애꿎은 땅바닥을 발로 굴렀다. 나는 물끄러미 크리커의 발놀림을 내려다보았다. 작은 발이 단단히 내딛는 바닥 그 어디에도 그림자는 없었다. 애를 써도 제 존재를 증명하는 것이 고작 그림자라니. 수호신의 삶도 호락호락하지 않구나, 하는 생각과 함께 그들이 지켜 준다는 보호 대상 신세의 우리도 불쌍한 존재에 지나지 않는다는 결론에 이르자 부아가 치밀었다. 그따위 도움이라면 필요 없다고 소리치고 싶었다. 솟구치는 화를 크리커에게 퍼부었다.

"누구의 수호신인 게 뭐가 중요해? 수호신은 십 대를 위한 존재라며! 사람 봐 가면서 지켜 준다는 거야?"

나는 오랫동안 단단히 잠가 두었던 내 마음을 열어 보고 싶었다. 남의 일이다, 나와는 상관없다고 주문을 외워 봤자 도저히 외면할 수 없는 타인의 상처가 내 것처럼 느껴지는 것은 왜일까. 엄마를 희생시킨 혹독한 대가를 치르고도 나는 정신을 못 차린, 모자란 놈이란 증거일까.

"크리커, 네가 진짜 수호신이 되고 싶다면 기왕 이 세상에 온 거 제대로 도와줘."

발걸음을 멈추고 크리커가 내 손을 가만히 잡았다. 수호신의 손이 이토록 따뜻해도 되는 걸까. 나는 시선을 내려 내 손을 꼭 잡고 있는 크리커의 손을 멍하니 바라보았다. 크리커의 손은 많은 것을 말하고 있었다. '다시 누군가를 돌아봐도 돼.' '이번엔 그 누구를 돕는다고 해도 아무도 다치지 않을 거야.' '내가 같이 있어 줄게. 난 수호신이니까.' 나는 아주 작게 고개를 끄덕였다.

"이한조 너도 한 팀이다, 알지?"

"그래."

지나간 일은 바람에 흩날려 사라질 수 있다고, 시간이 지나면 그 상처가 옅어질 수 있다고 믿는 자들에게 나는 반문하고 싶었다. 상처는 흐려지고 통증은 서서히 잊을 수 있다지만 그 상처를 입은 사실만은 결코 없었던 일이 되지 않는다고 말이다. 양해윤은 자신이 죽도록 간절히 원할 때 아무도 오지 않았다고 했다. 하지만 이제는 아니다. 내가 그리고 크리커가 다가갈 거다. 무슨 참견이냐고 할지라도 자신의 상처를 소리 내어 말했다면 양해윤은 아직 그 상처를 기억하고 있다는, 아직도 그 쓰라림을 견뎌 내고 있다는 증거였다.

"크리커, 더 늦기 전에 움직이자."

달이 기울고 있었다. 가로등 아래, 그림자 하나가 뛰기 시작했다. 그 그림자에 또 하나의 수호신이 함께하고 있다는 것을 저 달은 알겠지. 나는 더 이상 혼자가 아니다.

학교 운동부 코치의 폭력, 성추행을 고발한 A 선수

"버티고 버티다가 살려 달라고, 제발 도와 달라고 소리친 거예요!"

"피해자로서 더 이상 버티기가 힘들었어요. 숨을 죽이고 참자고 조금만 더 참아 보자고 스스로를 다독였지만 돌아오는 건 나를 부정하는 것뿐이었어요. 내가 참고 말하지 않으면 아무 일도 아닌 거라고, 아무 일도 없었던 거라고 최면을 걸었던 거예요. 이 세상에 숨을 곳이 많다고 믿었던 전 바보였어요. 저 스스로의 기억에서 벗어날 수는 없으니까요. 이 고통을 말하지 않고 산다면 전 죽은 거나 다름없어요. 그래서 나를 위해서, 나와 같은 피해를 당할지도 모를 또 다른 누군가를 위해서 용기를 내기로 결심했어요."

스포츠 기사를 미친 듯이 검색했다. 관련 기사들을 빠짐없이 찾아 읽었다. 그중에 내 시선을 붙든 건 바로 2년 전 사건이었다. 비리가 없기로 유명한 양궁 종목에서 일어난 일이라 세상을 떠들썩하게 만든 사건이었다. 어린 선수를 폭행, 성추행까지 했다는 학교 코치의 기사가 쏟아졌고 종목을 망라하고 스포츠계의 각종 비리와 사건 사고의 민낯이 드러났다. 협회 주도로 강력한 처벌이 이뤄진 탓에 세간의 관심이 쏠렸으나 곧이어 정치인과 연예인 사이의 대형 약물 게이트가 터지면서 앞선 사건에 대한 관심은 소리 소문 없이 사라졌다.

급식을 건너뛰기로 했다. 명자나무 가지가 바람에 흔들렸다. 벤치에 앉아 휴대폰으로 나머지 기사를 읽어 갔다. 꽃잎 하나가 화면 위로 내려앉았다. 붉은 꽃송이를 한동안 멍하니 바라보았다.

'난 살려 달라고 소리친 거예요. 살고 싶었거든요.'

화면 위에 정지된 기사의 짧은 문장 앞에서 나는 숨을 골랐다. 2년 전이면 양해윤은 열여섯이다. 그날 불판 위에서 새까맣게 타는 고기를 뒤집을 생각도 하지 못했다. 양해윤의 한마디 때문에.

"크리커, 네 말대로 내게도 수호신이 있다면 대신 전해 줘. 네 도움 없이 살아남았으니 앞으로도 나타나지 말라고. 나에겐 긴장 완화제가 있으니까. 알겠니?"

응급실에서 의식을 잃은 모습으로 만났던 것은 양해윤이 긴장 완화제를 과다 복용한 탓이었다. 급기야 수면장애에 시달리다 못해 기면증 증세까지 나타났다. 해결된 것은 아무것도 없었다. 떨칠 수 없는 기억과 상처를 잊으려고 긴장 완화제를 선택했을 뿐이다. 내가 지금 이렇게 그 애의 과거를 들춰내는 것이 잘하는 일일까. 하지만 긴장 완화제가 답이 되지 못한다는 것은 양해윤에게 분명히 알려야만 했다.

이후, 사건이 어떻게 종결되었는지 기사를 검색했으나 문제의 코치가 제명되었다는 소식은 접할 수 없었다. 아무리 발버둥 치고 싸워 봤자 세상은 힘 있는 자의 것이야, 하던 학년부장의 말이 떠올랐다. 2년 전, 학폭위를 끝내고 상담실에 넋 놓고 앉아 있는 나에게 중년의 학년부장은 별것 아니라는 듯, 당연한 결과라는 듯 너무나도 평온한 목소리로 내게 말했다.

"또 점심 안 먹고 여기서 뭐 하는 거야?"

바나나우유를 입에 물고 크리커가 내 옆에 털썩 앉았다. 나는 크리커에게 휴대폰을 건넸다. 바나나우유를 마시며 크리커가 기사를 차분히 읽었다. 시선을 돌려 교정 여기저기를 둘러보았다. 점심시간을 이용해 축구하는 아이들, 농구하는 아이들, 삼삼오오 모여 떠드는 아이들, 화단 앞에서 셀카를 찍는 아이들이 눈에 들어왔다. 하나같이 평화로운 모습이었다. 모두가 봄 햇살을 고스란히 받고 있었다.

"한조야. 그런데 이 A 선수, 해윤 언니가 맞을까? 여기 다른 기사에는 A 선수가 완전히 은퇴했다고 하잖아."

살기 위해 가장 사랑했던 것을 버린다고 인터뷰 한 기사가 있었다. 그러고 보니 양해윤은 이번 국가대표 선발전에서 탈락한 것이지 은퇴하지는 않았다. 그렇다면!

"해윤 언니는 또 다른 일을 겪고 있는 걸까?"

나의 섣부른 추측이 하마터면 양해윤에게 또 다른 상처를 낼 수 있었다는 생각이 들자 아찔했다. 크리커가 기사를 살펴보더니 손가락으로 한 문장을 가리켰다. 문장과 문장, 단어와 단어 사이에 숨은 의미를 하나씩 들여다봤다.

"A 선수와 K 코치의 법정 싸움은 쉽지 않을 것으로 보인다. K 코치의 폭행과 성추행으로 선수들 사이에 또 다른 피해자가 있을 것이라는 예측을 낳고 있는 가운데, 이번 사건의 증인으로 또 다른 동료 선수들이 나설지 귀추가 주목된다."

기사를 읽는 크리커의 목소리가 가늘게 떨렸다.

"한조야, 어쩌면 나는……."

폭행과 성추행의 피해자. 그 대상이 어쩌면 양해윤이 아닐지도 모른다는 생각에 아주 잠깐 안도의 한숨이 흘러나왔다. A 선수가 증언을 부탁했다는 또 다른 동료가 양해윤은 아닐까. 증인이 되어 주기를 부탁했던 친구를 외면하고 국가대표 자리 때문에 머뭇거린 제 자신을 끊임없이 미워하고 채찍질하고 있는 것이 아닐까. 고기 뷔페에서 나와 발길을 돌리며 넋두리하듯 중얼거리던 말을 나는 잊지 않았다.

"나는…… 벌을 받고 있는 거야."

증인이 되어 주지 못했던 양해윤은 그 죄책감에 시달리며 결국 활시위를 온전히 당기지 못하고 있는 것이다. 양해윤은 첫 레슨의 자리를 정리하면서 힘들었던 건 지난 일이라고 했다. 다음 레슨 때는 깨끗이 잊고 활시위를 당겨 보자고 하면서 작별 인사를 건넸다. 웃고 있던 얼굴에서 나는 울음을 참고 있는 양해윤의 눈동자를 또렷이 기억했다.

"한조야, 해윤 언니를 돕겠다고 하면 더 많이 아파할까? 잊고 싶어서 약도 먹는다는데……."

나는 고개를 돌려 옆에 웅크려 앉은 크리커의 머리를 흩뜨렸다. 아주 가벼운 손길로 별것 아니라는 듯.

"돕자. 네가 누구의 수호신이든 그냥 돕자."

봄바람이 좀 더 세게 불었다. 꽃잎이 우리의 무릎에, 어깨에, 머리에 쏟아져 내렸다. 5월의 끝자락, 초여름의 열기가 느껴졌다.

"그래, 그러자. 안 들었으면 모르지만 우리 전부 들었잖아. 해윤 언니한테 수호신이 있다는 게 뻥 아니라는 거, 늦었지만 꼭 보여주겠어!"

등 뒤로 누군가가 우리를 가리켜 연애하냐며, 꽁냥꽁냥하는 모습에 토할 것 같다고 수군댔다. 그 말에 심장이 뛰었다. 이토록 사소한 농담을 아무렇지 않게 넘길 수 있는 일상을 마주한다는 것이 기적같이 느껴지는 오후였다.

열일곱은 참으로 어중간한 나이다. 무엇 하나 내 힘으로 해결하려고 해도 산 넘어 산이었다. 양해윤의 사건을 알아본다고 한들, 내가 할 수 있는 최선의 방법이 고작 인터넷 검색이란 사실에 나는 좌절했다. 게다가 사건을 이슈화한 기사만 잔뜩이지 그 사건이 어떻게 해결되었는지 자세히 다루는 기사는 가뭄에 콩 나듯 찾기가 힘들었다.

코치가 영구 제명과 함께 벌금형을 받고 사건이 마무리된 모양새였다. 그 어느 기사에도 사건의 피해자이자 은퇴한 십 대 양궁 선수 A에 관한 언급은 없었다. 마치 A 선수가 아예 존재하지 않은 것처럼 그렇게 증발해 버렸다.

수업을 마치고 교문을 나서는데 지승현이 내게 물었다.

"해윤 누나 사건, 이미 끝난 건데 뭘 어떻게 해결한다는 거야? 가서 그 코치한테 따질 거야? 해윤 누나가 소송을 다시 건데? 너랑 크리커가 원하는 건 뭔데?"

지승현의 질문에 나는 멍하니 제자리에 서 있었다. 입도 뻥긋하지 못한 채. 질문 앞에서 나는 이기적인 나를 발견했다. 어쩌면 양해윤은 모든 것을 덮고 싶을지도 모르는데, 깡그리 잊고 싶을지도 모르는데. 나는 그저 아무라도 좋으니 크리커가 수호신 노릇을 해서 하루빨리 퍼즐을 찾길 바랐다. 그래서 크리커가 내 곁을 떠나고, 나는 예전처럼 조용히 살고 싶다는 내 마음만 보고 있던 것이다.

나는 컴퓨터를 끄고 침대에 누웠다. 천장을 보며 하릴없이 "별 하나, 나 하나"를 중얼거렸다. 양 한 마리, 양 두 마리도 있는데 왜 하필 별을 떠올렸을까. 습관이었다. 엄마랑 함께 누웠을 때 재미 삼아 했던 것이 조건반사처럼 내 입을 통해 흘러나왔을 뿐이다.

"자니?"

노크 소리와 함께 방문이 열렸다. 아빠였다. 나는 자는 척할까 하다가 자리에서 일어나 앉았다.

"족발을 사 왔는데……."

함께 식탁에 앉는 것이 뭐라고 이렇게 서로의 눈치를 봐야 하는 것인지. 갑자기 내 처지에 반항하고 싶은 마음이 일었다. 엄마가 그렇게 된 것은 아빠의 잘못도, 나의 잘못도 아니다. 그건 사고였다. 양해윤도 그저 지독한 사고를 당했던 것이다. 그러니까 그일은 양해윤의 잘못이 아니니 그 애가 고통받아서는 안 되었다. 숨어서 괴로워하는 건 더더욱 안 되었다. 그렇다면 내가 양해윤에게 해 줄 수 있는 것이 무엇일까를 고민해야 했다. 답은 어디에도 없었다. 일단은 아빠와 얼굴을 마주하고 족발을 먹기로 결정했다.

식탁 위에 포장된 족발이 놓여 있었다. 우리는 말없이 접시를 가져왔다.

"크리거는 족발 좋아하니?"

마주 앉아서 족발을 씹었다. 입 안에서 터지는 육즙이 훌륭했다. 이토록 맛있는 음식을 함께 먹는데 화젯거리가 크리커라니.

"걔가 족발 먹는 걸 보지 못해서⋯⋯. 좋아하려나 모르겠어요."

"아, 그럼 다음에 같이 먹을까?"

아빠가 나에게 '다음'을 이야기했다. 나는 앞다리를 뜯다 말고 고개를 들어 아빠의 얼굴을 보았다. 눈이 마주치자 아빠가 시선을 양념장 그릇으로 돌렸다. 그릇 옆에 놓인 뜯지 않은 포장 용기에 눈이 갔다. 막국수였다. 엄마가 좋아하던 막국수. 엄마는 족발을 시키면 항상 족발 대신 막국수를 먹었다. 으레 아빠와 나는 막국수는 엄마 몫이려니 싶어 손도 대지 않고 미뤄 두었다. 이제는 저 포장을 누군가 뜯어야 할 때가 온 것이다.

"아빠, 막국수 반씩 먹어요."

나는 포장 용기를 뜯었다. 양념 국물이 튀는 바람에 흰 티에 얼룩이 번졌다. 맞은편에 앉아 있는 아빠의 손등에도 양념이 튀었다. 우리 둘 다 시선이 손등에 닿았다.

잠시 정적이 흘렀고 아빠가 아무렇지 않게 손등에 묻은 양념을 핥아먹었다. 그리고 아빠의 말에 우리는 웃고 말았다. 엄마가 떠나고 난 후, 처음이었다.

"엄마가 가도 양념 맛은 변함이 없는 거 보니, 이 집이 맛집은 맛집이구나."

하교 후 늘 들르는 편의점 앞 간이 파라솔에 앉아 지나가는 사람들에게 시선을 돌렸다. 한숨을 쉬지 않으려 해도 저절로 한숨이 나왔다. 해맑은 표정으로 앉아 고래밥을 와그작 씹어 먹는 크리커의 얼굴을 보고 있자니 한숨은 더욱 잦아지고 미간의 주름은 더더욱 깊어 갔다.

"그러니까 크리커, 너는 계획이 없다는 거지?"

나는 애써 크리커 쪽으로 시선을 돌리지 않고 사거리 횡단보도 근처에 불법주차 하는 차량의 번호판을 노려보았다.

"응. 이한조, 나 고래밥 하나만 더 사 주라."

이런 애를 수호신이라고 보낸 그쪽 세상도 참 한심하다. 적어도 수호신이라면 초능력 정도는 탑재해야 하는 것 아닌가.

"야, 넌 남다른 능력 같은 거 없어? 예를 들면 그날 응급실에서 양해윤을 본 순간, 해윤이 과거를 파노라마 보듯 쫙 스캔을 뜬다든지."

크리커가 내 말엔 아랑곳하지 않고 오징어 모양의 과자를 하나 집더니 귀엽다고 호들갑을 떨었다. 나는 고래밥 봉지를 뺏었다.

"이한조! 먹던 거 뺏는 법이 어디 있어? 이리 내!"

"넌 먹을 자격 없어. 이거 뺏을 수 있는 능력이라도 보여 줘 봐."

나는 자리에서 일어나 과자 봉지를 내 머리 위로 들어 올렸다. 키가 182센티미터인 데다 머리 위에 있으니 내 가슴팍에 닿을락 말락 하는 크리커가 제아무리 점프한다고 한들 어림도 없다. 아니나 다를까. 크리커가 제자리뛰기를 시도했다. 코웃음이 절로 나왔다. 이런 애를 수호신이라고 이 세상에 보내는 저쪽 세상의 업무 담당자 수준도 알 만하다.

누군가를 보호하겠다고 보낼 것이면 정신적으로나 육체적으로나 완벽한, 그러니까 진짜 신(神)급으로 보내든지. 그게 불가능하다면 적어도 동갑내기는 보내지 말아야 할 것이 아니냔 말이다. 고만고만한 또래를 묶어 놔서 무슨 일을 어떻게 극복하고 보호한다는 것인지 한심하기 짝이 없었다. 제대로 살 수 있게 지켜 주겠다면 적어도 큰 힘을 가진 자를 수호신으로 보내란 뜻이다.

눈앞에서 깡충거리던 크리커가 갑자기 몸을 틀고 달려갔다. 골목 위쪽 도서관 방향이었다. 골목을 오가는 사람들의 쉼터가 되어 주는 작은 공원이 있는 곳이었다.

'이번엔 또 뭐지?'

오가며 온갖 일에 참견을 하는 크리커 덕분에 나는 느릿느릿 도서관 쪽으로 걸어갔다. 크리커와 다니다 보면 이 예비 수호신의 오지랖 덕분에 나는 폐지 줍는 할머니의 리어카도 끌어야 했고, 자전거를 잃어버린 아이랑 함께 자전거를 찾으러 다녀야 했으며, 며칠 전에는 길을 가다가 맨홀에 빠진 유기견까지 구조했다. 가만히 제 앞길만 보고 걷는 것이 아니라 크리커는 늘 호기심 어린 눈으로 주위를 두리번거렸다. 그 덕분에 나까지도 두리번거리는 버릇이 생겼다.

"이한조 약점 잡아 와. 그러면 넌 프리야. 아님, 영원히. 알지?"

"친, 친구야."

귀에 익은 목소리였다. 아름드리나무 뒤편에서 들려오는 말소리에 나는 걸음을 멈췄다. 우거진 수풀이 가름막이 되어 내 모습이 저들에게 들키지 않은 듯했다.

"야, 야, 야! 웃기지 마. 친구는 개뿔. 이한조가 널 친구라고 부른 적 있냐? 네가 똥개처럼 쪼르르 달려가는 거 아니냐고."

권승재의 말에 지승현이 머뭇거렸다. 나는 발 앞에 있는 수풀을 헤치고 녀석 앞에 나타났다. 드라마도 아닌데 이런 우연은 왜 자꾸 생기는 건지.

"한, 한조야."

지승현의 부름에 권승재가 바닥에 침을 뱉더니 대놓고 비웃었다.

"봐 봐, 지승현 네가 또 먼저 저 새끼 이름 불렀잖아."

내 미간이 점점 더 깊어졌다. 권승재 얘는 평일에 실컷 괴롭혔으면 됐지, 토요일에 무슨 볼일이 있다고 도서관까지 나와서 지승현을 못살게 구는지 참으로 이해할 수 없는 인간이다. 권승재가 내 눈을 똑바로 바라보더니 웃음기 싹 가신 얼굴로 지승현에게 선전포고를 날렸다. 하지만 그건 날 향한 것이었다.

"내가 지금 너 한 대 칠게. 이한조, 저 새끼가 달려오나 안 오나 봐. 친구는 그런 거야. 알겠니, 지승현아?"

말이 끝나기가 무섭게 권승재가 지승현을 향해 펀치를 날렸다. 장난 같은 동작이었지만 주먹의 강도는 셌다. 지승현이 휘청거리더니 풀썩 주저앉았다.

"봐, 이한조 저 새끼 한 발자국도 움직이지 않잖아."

그제야 지승현이 고개를 들어 날 바라보았다. 코피가 터졌다. 아주 잠깐 원망하는 눈빛이 눈동자에 맺히더니 예전처럼 무기력한 눈빛으로 변했다. 나는 지승현의 시선을 피하지 않았다.

"야, 병신아."

그 소리에 지승현과 권승재가 동시에 날 쳐다보았다. 난 권승재에게 눈길조차 주지 않고 지승현에게 똑똑히 말했다.

"언제까지 그러고 있을 건데? 네 문제잖아. 네가 직접 해결해야지."

권승재의 똘마니 둘이 어슬렁거리며 다가왔다. 저 녀석들도 똑

같았다. 혼자서는 아무것도 못 하는 놈들이 무리 지어 다니면서 큰소리치는 꼴이 우스웠다.

"오오, 이 새끼 뭐라냐? 그러니까 절대 지승현을 도와주지 않겠다는 거네, 이한조 새끼는?"

권승재 무리가 바닥에 앉아 있는 지승현의 다리와 엉덩이를 툭툭 발로 찼다. 기분 나쁘게 건드리는데도 지승현은 멍청하게 저항조차 하지 않고 묵묵히 녀석들의 횡포를 참고 있었다. 불을 삼킨 것처럼 속에서 화가 끓었지만 미동조차 하지 않고 지승현만 주시했다. 까만 눈동자 안에서 작은 불꽃이 일어나는 것을 보았다고 생각한 순간, 나는 지승현에게 불을 지피기로 결심했다.

"지승현! 늘 가만히 있으니까 이 새끼들이 계속 이러는 거야!"

나는 처음으로 지승현의 이름을 소리쳐 불렀다. 그러자 지승현이 자리에서 일어났다. 모든 것이 순식간이었다. 지승현이 제 몸을 툭툭 건드리는 권승재 무리 중 하나의 발을 붙잡아 넘겼다. 또다른 한 놈이 지승현에게 달려들었다.

"뭐야! 이 찐따 같은 새끼한테 당하냐?"

권승재의 악다구니가 메아리쳤다. 그리고 내가 몸을 던지기도 전에 작은 덩어리 하나가 허공을 갈랐다. 쓰레기봉투였다.

"꺼져!"

거친 말투와 함께 쓰레기봉투가 권승재 무리 중 한 명의 머리에 명중되었다. 그 바람에 봉투가 터져 쓰레기가 쏟아졌다. 쓰레기를 뒤집어쓴 지승현의 눈이 왕방울만 해졌다.

"크리커."

양궁 솜씨는 형편없었는데 던지기 실력은 수준급이었다. 예비 수호신은 아무런 능력도 없다는 나의 말을 정정해야 될 듯싶었다.

"다시는 이러지 마. 무리 지어서 그러지 말고 차라리 결투 신청을 하라고, 정정당당하게!"

크리커의 말에 권승재가 피식 웃으며 고개를 끄덕였다. 뜻밖의 행동에 나도 지승현도 조금 놀랐다.

"알겠어, 크리커. 네가 저 사내놈들보다 훨씬 배짱 좋다. 네 말대로 결투 신청할게. 됐지?"

권승재의 부드러운 음성에 고막이 놀랐다. 오물을 뒤집어쓴 무리가 툴툴거렸다. 제 무리가 당했는데도 권승재는 뭐가 좋은지 연신 실실대며 웃는 낯이었다. 크리커가 권승재를 지나쳐 쓰레기를 뒤집어쓴 지승현에게 손을 내밀었다. 귀신에 홀린 듯 지승현이 말없이 크리커의 손을 잡고 자리에서 일어섰다.

"크리커, 내 손도 좀 잡아 주지."

권승재의 말에 크리커가 홱 돌아보더니 매섭게 눈을 치켜떴다. 이 정도로 까불었으면 크리커에게도 인정사정없이 폭력을 가했을 녀석인데 권승재는 그저 히죽거리기만 했다.

"정정당당하지 않으면 네 손 잡아 줄 일 따위, 절대 없어!"

크리커의 말에 권승재가 또 한 번 고개를 끄덕였다. 그리고 날 향해, 지승현을 향해 제 뜻을 전했다.

"조만간 제대로 붙자. 그때 네가 이기면 앞으로 절대 안 건드려."

권승재의 표정은 단호했다.

별이 빛나는 밤에

✦
⋮

　어쩐지 분위기가 심상치 않은 것이 영 불안했다. 하고많은 장소 중에 남자 화장실 앞에서 권승재랑 희희낙락거리는 크리커의 모습을 보고 있자니 가슴속에서 뜨거운 뭔가가 치밀어 오르는 듯했다.

　"이한조, 질투는 아닌 거지?"

　"뭐?"

　지승현이 내 눈치를 힐끔 보더니 웃음을 참는 듯 입술을 꽉 깨물었다. 지승현의 그 꼴도 짜증 나서 나는 괜스레 벽을 찼다.

　"미쳤다고 질투를 하냐? 입은 삐뚤어져도 말은 똑바로 해. 인간이 짝퉁 수호신이랑…… . 아아, 됐다!"

　일일이 대꾸하는 내가 미쳤지. 권승재는 대놓고 크리커에게 헤헤거렸다. 이제는 고개까지 열심히 끄덕이고 있었다. 도대체 크리커가 저 녀석에게 무슨 이야기를 하기에 분위기가 저토록 오묘한 것일까. 복도를 지나가던 애들도 호기심이 생기는지 권승재와 크리커를 안 보는 척하면서 훔쳐봤다.

교실 뒷문에서 고개를 쭉 내민 연주가 날 약 올리는 소리를 했다.

"속 뒤집어지지? 이한조, 그러게 크리커가 너 좋다고 할 때 잘해 주지 그랬니? 남자가 너무 튕겨도 별로야. 권승재 봐라. 잘생겼지, 저렇게 웃어 주지. 뭐, 나쁜 놈이란 게 흠이지만 종종 나쁜 남자만의 매력이 발휘되기도 하니까."

나는 뒷문을 확 닫았다. 연주가 유리창에 얼굴을 들이밀고 계속 뭐라고 떠들었지만 무시했다. 안 본다고 했는데 티가 났나 보다. 권승재가 내 쪽으로 고개를 획 돌렸다. 나도 재빨리 시선을 돌렸지만 지승현이 날 보고 모호한 표정을 지어 보였다.

"늦었어, 한조야. 권승재가 너 봤어."

"아이 씨."

애당초 크리커를 따라 복도로 나온 것이 잘못이었다. 쿨한 척했지만 권승재가 크리커에게 관심을 갖는 듯해서 여간 신경 쓰이는 것이 아니었다. 결단코 다른 감정은 없었다. 마음속으로 나는 변명 아닌 변명을 했다.

'아무것도 모르는 애를 무법 지대에 혼자 둘 수는 없지.'

내가 생각해도 구질구질한 핑계였다. 그냥 권승재랑 붙어 있는 게 신경 쓰이고 눈꼴사나웠다. 그게 진심이었다. 크리커가 갑자기 날 향해 달려왔다. 재빨리 몸을 돌려 교실로 들어가려는데 크리커가 내 이름을 부르며 백 허그를 했다. 복도를 지나가던 애들이 "오오, 대놓고 연애!"라며 짓궂게 휘파람을 불었다.

"안 놔? 너 돌았어?"

허리에 감긴 손을 뿌리치려고 했지만 그럴수록 크리커는 내 등에 따개비처럼 달라붙어서 "흐흐흐" 하고 요상 망측한 소리를 내며 웃어 댔다. 애들 앞에서 아무리 크리커랑 내가 아무 사이 아니라고 발버둥 쳐 봤자 이제 씨알도 안 먹힐 것이다. 연주가 크리커의 말만 듣고 전학 온 날부터 제멋대로 소설을 써 댄 까닭이었다.

지승현까지 대놓고 웃었다.

"넌 왜 웃냐?"

"그냥, 기묘하게 잘 어울려서."

학교 공식 왕따 지승현까지 날 놀리는 상황이라니. 나는 매섭게 지승현을 한 번 노려보고는 허리에 감긴 크리커를 떼어 내려고 안간힘을 썼다. 하지만 이럴 때만 수호신의 힘이 발휘되는 것인지 떼어 내기가 쉽지 않았다.

"크리커, 좋은 말 할 때 놔라."

"싫어, 싫어. 이한조 등에 딱 붙어 있을 거야."

"아우, 야!"

버럭 소리를 지르자 교실 뒤쪽에 앉아 있던 애들이 깜짝 놀라서 돌아봤다. 더욱 시선 집중이 되고 말았다. 크리커는 재밌는지

키들대며 아예 내 등에 업혔다. 될 대로 되라는 심정으로 나는 크리커를 등에 업었다.

"크리커, 권승재랑 무슨 얘기 했어?"

내가 알고 싶은 질문을 지승현이 대신 했다. 나는 잘했다는 의미로 지승현에게 눈길을 한 번 주었다. 등 뒤에 업힌 크리커가 귓가에 대고 종알거렸다.

"아, 이번 주 일요일에 우리 집에 오라고 했어."

"뭐어!"

내가 소리를 지르는 바람에 크리커가 등에서 떨어졌다. 헛발을 디뎠는지 크리커가 엉덩방아를 찧었다. 놀란 지승현이 크리커를 일으켜 세웠다. 나는 분노가 가득한 목소리를 잠재우려고 심호흡을 한 뒤, 크리커에게 질문했다.

"왜, 걔가, 너희, 집에, 가는데?"

또박또박 끊어서 힘주어 물었다. 숨을 쉬는 사이사이 분노를 잠재우려고 노력했지만 성공한 것 같지 않았다. 손끝이 자꾸만 부들부들 떨렸다. 지승현이 그런 내 손끝을 힐끔 곁눈질했지만 나는 애써 숨기지 않았다.

크리커는 환한 얼굴로 지승현과 나를 번갈아 보며 말했다.

"한조랑 승현이, 너네도 주말에 우리 집에 와. 정정당당하게 결투하려면 꼭 와야 해."

수수께끼 같은 소리만 내뱉는 크리커를 점점 이해할 수 없었다.

"권승재가 너희 집 가는 거랑, 정정당당하게 결투하는 거랑 그리고 내가 무슨 상관인데?"

지승현이 머뭇거리며 반문했다. 그러자 크리커가 지승현과 나 사이에 서서 우리 둘의 손을 잡았다. 이건 또 무슨 상황인지……. 두통이 올 것만 같았다.

"왜 상관이 없니? 내가 모두한테 공정한 기회를 주겠다, 이 말씀! 기대해도 좋아."

모르긴 하지만 본능적으로 크리커가 말하는 그 기대라는 것을 왠지 외면하고 싶다는 생각이 굴뚝같았다. 은근슬쩍 잡은 손을 빼려는데 크리커가 더욱 거세게 꽉 붙잡았다. 틀림없이 힘을 조금만 더 준다면 손을 뺄 수도 있는데 이상하게 빼지 못하는 내가 어쩐지 낯설었다.

내 인생에서 두 번 다시 '기대'라는 것을 한다면 나는 사람도 아니다. 애당초 인생에 기대한다는 것 자체가 터무니없는 욕심이라고 생각했지만 그래도 크리커의 말에 약간은 마음이 흔들린 건 사실이다.

일각암 불전에 앉아 꿈틀대는 마음을 진정시키느라 애꿎은 불상만 노려보았다. 도대체 주말 템플스테이라는 명목으로 이곳에 모인 것도 어처구니없는데 템플스테이에 참석한 사람이 나, 지승현, 권승재라는 조합에 헛웃음이 흘러나왔다.

일각암에 오자마자 보현 스님은 내가 뭐라고 항의하기도 전에 다짜고짜 우리 셋을 불전으로 떠밀었다.

"108배!"

보현 스님이 목탁을 두드리기 시작했다. 권승재도 적잖이 당황한 눈치였다. 일각암 입구에서 나와 지승현을 발견했을 때보다 더 놀란 듯했다. 권승재는 허둥대다가 스님의 호통을 듣고 얼결에 바닥에 엎드렸다. 반면 지승현은 장래 희망이 승려라도 되는 듯 자연스럽게 108배를 시작했다. 두 손을 모으고 불상을 향해 고개를 조아리며 가슴에 손을 끌어당기더니 두 눈을 지그시 감았다. 가지런히 모은 다리를 구부려 바닥을 향해 천천히 엎드리고 두 손을 머리 위로 들어 올렸다. 지승현의 절하는 모습에 감탄사가 절로 나올 지경이었다.

'쟤, 뭐냐? 어?'

권승재와 눈이 마주쳤다. 저절로 음성 지원이 되는 것처럼 권승재의 속마음을 읽을 수 있었다.

'몰라. 일단 절이나 해.'

한마디도 입 밖에 내지 않았지만 불상 아래에서 권승재와 나의 소통이 원활해지는 느낌이었다. 108배는 고행이었다. 60배가 넘어가자 온몸에 땀이 흘렀다. 바닥에 엎드리면서 나는 지승현에게 속삭였다.

"야, 너 뭐야? 불교 신자였어? 하아."

숨이 턱까지 차올랐다. 권승재 역시 엎드려 절하면서 궁금한 듯 지승현을 향해 곁눈질했다. 지승현은 여전히 두 눈을 감고 흐트러짐 없는 자세로 절하며 작은 소리로 대답했다.

"나, 천주교 신자야."

그 소리에 권승재가 절하다 말고 일어서서 큰 소리로 외쳤다.

"와, 저 새끼! 완전 사기꾼이네."

딱! 보현 스님이 권승재의 머리통을 가격했다. 누가 봐도 호되게 내려쳤다는 것이 느껴질 만큼 큰 소리가 났다. 권승재가 살기어린 눈으로 스님을 노려보았으나 스님은 눈을 감고 평화롭게 '나무관세음보살'을 읊조렸다.

나는 이 코미디 같은 상황에 웃어야 할지 도망쳐야 할지 갈피를 잡을 수가 없었다. 권승재 역시 보현 스님의 행동에 기가 막히는지 날 보며 '이게 뭐냐?'라는 시늉을 했다. 나는 그런 권승재를 무시하고 다시 108배를 올렸다. 가쁜 숨을 몰아쉬며 묵묵히 절하는 사람은 지승현뿐이었다. 스님의 목탁 소리와 혼연일체가 된 듯 지승현은 흐트러짐 하나 없이 허리를 굽히고 머리를 조아리며 제 몸을 스스로 낮추고 불상에 절을 올렸다. 땀이 비 오듯 쏟아졌다. 그럼에도 불구하고 지승현은 포기하지 않고 같은 속도로 움직였다.

'도대체 뭘 저토록 간절히 비는 걸까?'

숙연함이 뿜어 나오는 몸짓이었다. 활짝 열려 있는 문 사이로 오후의 햇살이 불당 안에 가득 쏟아졌다.

저녁 공양을 마치고 우리는 보현 스님 앞에 나란히 앉았다. 스님은 다짜고짜 우리 앞에 승복을 던져 주었다. 절에 오는 보살님들을 위한 여벌의 옷이었다.

"뭐예요?"

내 물음에 크리커가 보현 스님 옆에서 생글거렸다.

"단체복이지. 어서 갈아입어. 아버지 스님, 잘 부탁드립니다."

크리커가 보현 스님에게 합장을 했다. 저세상에서 온 수호신이 이 세상에서 부처를 모시는 스님에게 합장하는 풍경이 낯설고 황당했다. 방 어딘가에 몰래카메라가 설치된 것은 아닌지 의심이 들 정도였다. 스님은 옷을 갈아입으라 하고는 크리커와 방을 나갔다.

얼결에 승복까지 받아 든 지승현과 권승재는 내 양옆으로 붙어 섰다.

"야, 이 절 진짜야?"

권승재가 내 옆구리를 쿡 찔렀다. 나는 권승재에게 대꾸도 하지 않은 채 윗옷을 벗었다. 녀석이 곁눈질로 내 몸을 훑었다. 나는 가슴팍에 힘을 잔뜩 주어 근육을 과시했다.

"가짜 절이 어디 있어. 크리커가 초대해서 모두 여기 온 거잖아."

권승재라면 10리 밖에서도 긴장하고 떨던 지승현이 겁없이 입을 뗐다. 예기치 못한 지승현의 대답에 권승재의 눈썹이 일그러졌다.

"와아, 지승현 108배 하더니 겁 상실했네. 어?"

"그만해. 너 이러다가 여기서 죽어."

권승재에게 친절하게 알려 줄 마음은 눈곱만큼도 없었지만 적어도 보현 스님이 어떤 사람인지 모르는 상태에서 마냥 까불게 둘 수는 없었다. 나에게 인간애라는 것이 어쩌면 조금이라도 남아 있나 보다.

"아이 씨, 크리커가 좋은 시간 보내자고 했는데……. 이게 뭐냐, 어?"

녀석의 푸념에 웃음보가 터졌다. 푸흡, 하고 소리 내어 웃고 말았다. 권승재가 상상했을 좋은 시간이 대강 어떨지 가늠할 수 있었다. 권승재의 말에 지승현은 똥 씹은 표정이었다.

"지승현, 너한텐 크리커가 뭐라고 했냐?"

나는 지승현이 크리커에게 들었을 말이 무엇일지 궁금했다. 지승현은 입을 몇 번이나 달싹대며 머뭇하더니 작게 중얼거렸다.

"친구 된 기념으로 다 같이 별 보자고……."

'하! 얘가, 얘가! 수호신이 아니라 사기꾼이었네.'

급기야 너털웃음이 흘러나왔다. 기가 차서 말이 안 나올 지경이었다. 바지춤을 여미던 권승재가 지승현의 어깨를 움켜잡았다. 잔뜩 부아가 난 얼굴이었다.

"너, 이 새끼! 네가 뭔데 크리커랑 친구라는 거야, 어? 별을 왜 같이 봐!"

적어도 크리커가 나에게는 감언이설로 꼬시지 않은 것을 다행으로 여겨야 하나. 양해윤을 어떻게 도울지 작전을 세워 보자는 말에 나는 한달음에 일각암을 찾았다.

방문이 열리고 보현 스님이 들어섰다. 승복은 바지만 입은 채, 위에는 쫄쫄이 운동복 차림이었다. 괴상망측한 스님의 차림새에 일순간 지승현과 권승재가 얼음 상태가 되었다. 나는 두 눈을 질끈 감았다. 스님의 저 차림새가 의도하는 바를 나는 똑똑히 알았기 때문이다.

스님이 저 차림을 하는 순간, 일각암은 부처님의 집이 아니라 그저 훈련소가 된다고 봐도 무방했다.

"옷 갈아입었으니 지금부터 시작한다."

"뭐를요?"

"정정당당 수행!"

보지도 듣지도 못한 수행법이었다. 세상에 그런 수행법이 있는지도 의문이었다. 크리커가 생끗 웃더니 휴대폰으로 영상을 촬영하겠단다. 복습하라고 찍어 두는 거라며 걱정 말라고 했다.

"니들이 투견도 아닌데 개싸움을 할 수는 없는 법! 어른 됐다 어디 쓸래? 이럴 때 도움 청하라고 어른이 있는 거다. 싸울 때 싸우더라도 공정하게 제대로 싸우는 법을 배우고 싸워라."

"그래서 여기에 부른 거예요?"

"당연하지."

보현 스님의 말에 우리 셋 다 어처구니없다는 표정이 되었다. 스님은 제 할 말을 끝내고 진지한 얼굴로 합장을 하더니만 사나운 파이터의 모습으로 돌변했다. 만화에나 있을 법한 이야기였다. 문제는 우리가 만화 속 캐릭터가 아니라 현실을 살고 있는 대한민국 열일곱 고등학생이라는 데 있었다.

"저기요, 스님. 어른이라면 싸움을 말려야 하는 게 아닐까요?"

지승현이 공손하게 물었다. 그러자 보현 스님이 대놓고 코웃음을 치더니 입을 열었다.

"뭣 하러? 세상에서 제일 재미난 게 불구경이랑 싸움 구경이다."

우리 셋 다 멍한 표정이 되어 보현 스님만 빤히 쳐다보았는데 특히 민소매 밖으로 드러난 스님의 어깨 근육에 집중했다.

"게다가 니들 나이에는 싸우면서 배우고, 싸우면서 깨닫고, 싸우면서 성장하는 법이다. 그러니까 싸울 일 있으면 제대로 싸워야지."

보현 스님이 말을 마치자마자 가슴팍을 주먹으로 소리 나게 두드렸다. 절에서 풀만 먹고 사는 스님의 체격이라고 보기에 근육이 옹골찼다. 그 모습을 보며 권승재가 투덜거렸다.

"저건 스님의 몸이 아니다. 땡중 같……."

그 말이 신호탄이 되어 보현 스님이 권승재를 단숨에 낚아챘다. 멱살이 잡힌 채 권승재가 바닥에 나뒹굴었다. 전광석화와 같은 움직임이었다. 군더더기 하나 없는 깔끔한 동작에 나와 지승현은 혀를 내둘렀다.

"시작은 잡기다. 어디를, 어떻게, 누가 먼저 움켜쥐느냐가 승패의 절반을 결정한다."

전직 이종격투기 선수였다더니 유도 기술까지 자유자재로 구사하는 보현 스님의 모습에 나는 넋이 나갔다. 겁먹을 거라는 내 예상과 달리 지승현의 눈빛이 유달리 빛났다. 동작 하나하나 머릿속에 각인이라도 시키는지 지승현은 스님에게서 눈을 떼지 않았다.

공손히 손을 모으고 있던 지승현이 어느새 보현 스님의 잡기 동작을 따라 하고 있었다. 정확하고 큰 동작은 아니었지만 단전 아래에 두 손을 가지런히 모은 채 뭔가를 잡아채려고 했다. 그 움직임을 지켜보면서 나는 어렴풋이 지승현에게 오늘이 새로운 내일의 시작점이 될 수도 있겠다는 생각을 했다.

"누구나 처음은 쉽지 않지. 그래서 발버둥 치기가 힘든 거야. 그래도 한번 발버둥을 쳤다면 다음을 기대할 수 있는 거다."

보현 스님과 처음으로 몸을 부딪치며 이종격투기란 것을 배웠을 때 스님이 나에게 해 준 말이었다. 스님이 넋두리처럼 쏟아 내던 그 나직한 목소리를 나는 여태 가슴에 품고 있었다. 지승현도 발버둥을 치고 있는 것일까. 그렇다면 지승현의 다음 스텝이 어떨지 조금은 기대가 되었다.

권승재를 상대로 시범이 끝나자 보현 스님이 내 쪽으로 고개를 돌렸다.

'네 차례다, 이한조.'

무언의 압박이었으나 외면할 수 있는 데까지 외면하고 싶은 것이 내 심정이었다. 계속 구경만 하고 있던 크리커에게 스님을 말리라는 눈치를 주려는데 뜻밖의 목소리가 날 구해 줬다.

"스, 스님. 저어…… 이번엔 제가 해 보고 싶은데요."

보현 스님이 제 앞으로 나선 지승현을 위에서 아래로, 아래에서 위로 훑어보았다. 그 시선이 마치 엑스레이 촬영이라도 하는 것처럼 보여서 방 안에 정적이 흘렀다. '네가 뭘 한다고 나서냐?'라는 소리를 할 법한 권승재마저도 입을 다물었다.

"좋아. 여기 서 봐라. 다리를 차올려 봐, 힘껏."

그렇게 지승현의 발차기가 시작되었다.

"입식 타격에서 빼놓을 수 없는 게 니킥이야. 클린치나 근접 상황에서 요긴하게 써먹을 수 있지. 이걸 똑바로 배워야 날아서 쏘는 플라잉 니킥도 잘하고 콤비네이션에서 니킥으로 이어지는 동작도 수월하게 할 수가 있지."

보현 스님은 킥 미트까지 들고 와서는 지승현을 독려했다. 태어나서 처음으로 제대로 된 발 차기를 배워 본다는 고백과 달리, 지승현은 발 차기를 하려고 세상에 태어난 사람처럼 재능을 보였다. 정확하고 단단하게 내지르는 지승현의 킥 동작에 권승재도 나도 심지어 크리커도 넋을 놓고 구경했다.

"히야, 저 새끼 뭐냐? 어?"

조용히 구경하던 권승재가 내 팔을 툭 쳤다.

"지, 승, 현."

"미친 새끼. 와, 돌겠네. 여기 와서 내가 별의별 구경을 다 하네."

나직하게 투덜대는 말을 듣고 크리커가 자리를 옮겨 권승재 옆에 가서 앉았다. 순간, 바짝 긴장하는 권승재의 모습이 눈에 띄었다. 보현 스님이 초크를 걸었을 때도 멀쩡했던 얼굴이 붉게 달아올랐다. 나는 고개를 흔들었다. 권승재가 그럴 리 없지. 크리커에게 관심을 갖는다면 그건 권승재가 수호신으로 환생하는 것만큼의 확률일 것이다.

"승재야, 지승현 잘하지? 물론 너만큼은 아니지만 그래도 저 정도면 처음치고 잘하는 거 아냐?"

"어? 어어, 뭐 그렇지."

권승재의 떨떠름한 대답에도 크리커는 눈치 없이 손뼉까지 치면서 지승현의 발 차기를 응원했다. 언제까지 여기서 이러고 있어야 하나, 한숨이 저절로 나왔다.

열어 놓은 창문 밖으로 달이 떴다. 마음속으로 노래를 흥얼거렸다. 달 달, 무슨 달. 퍽! 지승현의 킥이 킥 미트 정중앙에 꽂혔다. 쟁반같이 둥근 달. 퍼퍽! 지승현의 킥이 킥 미트 가장자리와 중앙을 번갈아 가며 빠르고 날카롭게 박혀 들었다.

"하이킥 그렇게 하다가 가랑이 찢어진다."

보현 스님의 목소리가 어찌나 점잖은지 가랑이 찢어진다는 말이 엄숙하게 느껴질 지경이었다. 싸움꾼 권승재가 스님 구역에서 제대로 된 힘을 한 번도 못 쓴 것과 달리, 지승현은 무엇에 열을 받았는지 악을 쓰며 연속적으로 다리를 차올렸다. 동작에서 과한 힘이 뻗치는 것이 느껴질 정도였다.

"과욕이다."

보현 스님이 지승현의 반대쪽 다리를 불시에 공격했다. 정강이를 향해 한 방 툭 쳤을 뿐인데 지승현의 무릎이 힘없이 꺾였다.

"살생이 아니라 방어가 최상의 공격이란 걸 명심해. 그 이상의 힘은 과욕이다."

보현 스님이 쓰러진 지승현에게 손을 내밀었다. 잠깐 머뭇거리더니 지승현이 스님의 손을 잡았다. 스님은 쓰러진 녀석을 일으켜 세우며 말했다.

"과욕은 상대를 다치게도 하지만 나를 더 크게 쓰러뜨리기도 하지. 괜한 과욕으로 스스로를 쓰러뜨려서야 되겠냐?"

보현 스님이 우리를 향해 이를 드러내고 웃었다. 스님의 머리와 이마에 땀방울이 맺혔다. 형광등 불빛에 반사된 땀방울이 괜스레 다정해 보여서 입가를 비집고 나오려는 웃음을 억지로 참았다.

"아버지 스님, 우리 다 같이 별 봐요."

크리커가 뜬금없이 별 타령을 했다. 도시 변두리에 자리 잡은 일각암의 처마 아래로 밤이 깊어 가고 있었다. 처마 아래 풍경을 바람이 가볍게 흔들었다. 마루로 나가 앉아 밤하늘을 올려다보았다. 어깨를 나란히 하고 일렬로 앉은 우리 넷을 둘러본 보현 스님의 얼굴이 여느 때보다 환했다. 그 두툼한 손으로 한 명, 한 명의 어깨와 머리를 장난스럽게 툭 치더니 낮은 음성으로 말했다.

"똥 누고 올 테니 별 구경 잘하고 있어라."

봄밤의 흥취가 보현 스님의 똥 타령에 깨졌다. 하지만 똥은 똥이요, 밤바람이 시원한 것은 외면할 수 없는 사실이었다.

"얘들아, 저기 저 별 봐! 엄청 반짝거린다, 그렇지?"

크리커의 가늘고 흰 손이 별 끝에 닿았다.

"어느 거? 저 노란빛 나는 별? 이거?"

권승재가 손을 뻗어 손가락으로 밤하늘을 가리켰다. 뼈마디가 불거진 굳은 손이 상처투성이었다. 그 상처에 달빛이 닿았다. 이상하게 그 손에 시선이 자꾸 가닿았다.

"이한조, 고마워."

지승현이 내 귓가에 간신히 들릴 만한 목소리로 속삭였다. 내가 '뭘' 하는 눈빛을 보내자 녀석이 수줍게 말했다.

"너랑 친구가 안 됐으면 이렇게 다 같이 별 보는 일은 없었을 거야."

지승현이 얼마나 용기 내서 말했는지 짐작할 수 있었다. 하지만 나는 속내와 다르게 툴툴거렸다. 쑥스러움을 감추기 위한 나만의 방식이랄까.

"야, 됐거든."

어둠 속에서 지승현의 낯빛이 어떻게 변했는지는 알 수 없었다. 하지만 혼신을 다해 킥을 날리던 지승현이 앞으로도 제 앞길에 나타날 장애물을 그렇게 차 버리기 바라는 마음만은 내 진심이었다.

'나무아미타불 관세음보살, 아멘!'

그냥, 위로해 줘

✦
⋮

　모든 것이 낯설고 익숙하지 않은 시절이 누구에게나 있다. 활을 처음 잡던 날, 자세도 서툴고 힘 조절에도 실패하고 모든 것이 엉망이었다. 마음은 이미 과녁의 정중앙에 명중했는데 몸이 따르지 않아 화도 나고 속상했다. 내 활을 잡아 주며 화살이 멋대로 나가지 않도록 하는 크리커의 중요성을 설명해 주던 엄마. 그런 말을 해 줄 사람은 이제 없다. 위로든 무엇이든 이제는 나 혼자 해야 했다.

　양해윤의 알바가 끝날 시간에 맞춰 양궁 카페로 갔다. 홀린 듯 엑스텐 간판을 올려다보면서 내가 지금 여기서 왜 이러고 있는 것일까, 의문이 들었다. 애써 아닌 척, 모르는 척 할 뿐 나는 똑똑히 알고 있었다. 하루라도 빨리 진짜 보호 대상을 찾아서 퍼즐을 맞추고 크리커를 살던 곳으로 돌려보내겠다는 건 핑계였다. 어차피 양해윤을 돕고도 크리커의 그림자에 아무런 변화가 없었으니 A 선수의 사건은 잊어도 될 일이었다. 그런데 집으로 가던 발길을 돌려 이곳으로 온 까닭은 양해윤이 신경 쓰였기 때문이다.

"아무래도 주말에 다시 만나야겠어. 한조야, 너 양궁 레슨 받으러 갈 때 나랑 같이 가. 해윤 언니한테 대놓고 물어봐야겠어, 그 사건 어떻게 된 일인지."

나는 크리커의 말에 아무런 대꾸도 하지 않았다. 그 대신 발길을 돌려 이곳으로 왔다. 카페 앞에서 서성거리는데 2층 계단에서 누군가 내려오는 소리가 들렸다.

"해윤아!"

제 발밑만 보고 걷는 양해윤을 붙들어 세웠다. 나를 빤히 쳐다보는 까만 동공을 보는 순간, 나는 깨달았다. 더 이상 그 누구도 이 애에게 상처를 주어서는 안 된다는 것을. 크리커는 A 선수 사건을 밝혀서 양해윤을 도울 수 있는 방법을 찾아야 한다고 소리 높였지만 나는 의문이 갔다. 지나간 사건을 또 다시 들춰내는 일이 양해윤에게 득이 될까. 진정으로 양해윤이 원하는 것일까.

"죄지은 놈은 발 뻗고 자는데 해윤 언니를 저렇게 그냥 두자는 거야?"

크리커의 분노는 이해할 수 있었다. 하지만 그건 크리커가 바라보는 관점이고 정작 사건의 당사자인 양해윤은 어떤 심정인지 나도 크리커도 알지 못했다. 사건이 벌어졌던 당시, 언론이 가십

거리 취급을 하며 떠들어 댔던 바와 뭐가 다르다는 말인가.

"어? 오늘 레슨 날 아닌데 웬일이야?"

양해윤이 물었다. 제 갈 길 가는 사람들 사이에서 우리 둘은 어떤 모습으로 비쳐질까. 나는 바지 주머니에 손을 넣고 괜히 발 앞에 떨어진 나뭇가지를 툭툭 건드렸다. 가로수에 매달아 놓은 불법 플래카드를 구청 직원들이 제거하고 있었다.

"햄버거 먹을래?"

밑도 끝도 없이 햄버거 타령이라니! 내 순발력은 딱 여기까지인가 보다. 무표정한 얼굴로 날 주시하는 양해윤 덕에 얼굴에 열이 오르는 느낌이었다.

"너, 얼굴 빨갛다."

"아, 햄버거 먹으면 괜찮아질 거야."

기승전, 햄버거로 밀어붙였다. 솔직히 나에겐 다른 대안이 없었으니까.

"나, 햄버거 별론데……."

햄버거가 별로라면 빨리 다른 대안을 제시해야만 했다. 하지만 순발력은 엿 바꿔 먹었는지 머릿속이 멍했다. 두뇌를 재부팅이라도 해야 하나 싶은 찰나, 양해윤의 무표정했던 얼굴 근육이 미세하게 흔들렸다. 단단하게 굳은 것만 같았던 얼굴이 부드럽게 풀리더니 입가에 미소가 번졌다. 양해윤이 내 팔을 가볍게 쳤다.

"그런데 오늘은 이상하게 햄버거가 당기네, 가자."

턱 막혔던 숨통이 트이는 듯했다. 우리는 근처 패스트푸드점으로 향했다. 빅맥 세트를 두 개 시키고 창가 쪽에 자리를 잡았다. 창 너머로 거리를 지나가는 사람들의 모습을 볼 수 있었다. 마주 보는 대신 우리는 어깨를 나란히 하고 앉아 창밖으로 시선을 던졌다. 다른 사람들 눈에 우리는 어떻게 보일까. 완전한 타인으로 보여도 좋고 일행으로 보여도 괜찮았다. 주문한 햄버거 세트가 나오고 본격적으로 먹고자 포장지를 풀었다.

'A 선수 사건 말이야. 그때 그 일 때문에 아직도 힘든 거야? 코치는 어떻게 됐어? 그 새끼는 멀쩡하게 잘 사는데 왜 너만 아직도 힘들어해? 우리, 복수할까?'

수많은 물음이 머릿속에 맴돌았지만 현실적으로 내가 할 수 있는 일의 선택지는 많지 않았다. 그것이 열일곱의 한계였다. 씁쓸한 나의 현실에 햄버거 고기패티의 육즙도 위로가 되지 못했다. 말없이 햄버거를 씹는 동안 한 가지 사실을 알았다. 양해윤도 나도 햄버거 안에 들어간 양파를 먹지 않는다는 점. 나는 양파를 대놓고 골라냈고 양해윤은 양파가 나올 때마다 빵 밖으로 슬쩍 밀어냈다. 그 모습에 피식 웃음이 났다.

"왜 웃는데?"

얼마 전까지만 해도 생면부지나 다름없는 양해윤과 나 사이에 공통점 하나를 발견한 것이 이상할 만큼 반가웠다.

"난 햄버거 안에 들어간 양파는 싫더라. 음식 가리는 건 아닌데 이것도 저것도 아닌 흐물거리고 들척지근한 양파는 어쩐지 양파가 아닌 것 같더라고."

양해윤이 가만히 고개를 끄덕였다. 우리는 창밖을 바라보며 햄버거를 천천히 씹었다. 매장 안에 요즘 핫한 힙합이 흐르고 있었다. 리듬에 맞춰 의자 아래에서 발을 까딱까딱 흔들었다.

"왜 안 물어봐?"

"뭘?"

횡단보도 초록불이 위태롭게 깜빡거렸다. 급한 모양인지 길 건너편에서 초등학생으로 보이는 여자애가 횡단보도 안으로 뛰어들었다. 신호가 얼마 남지 않은 무렵, 제 발에 걸려 아이가 넘어지고 말았다. 큰일 나겠다, 하는 찰나 그 애보다 서너살 많아 보이는 여자애가 초등학생을 일으켜 세웠다. 바닥에 떨어진 가방을 들어주고 손을 내밀어 부축했다.

빨간불로 바뀌기 일보 직전, 그들은 무사히 길을 건너왔다. 괜찮냐고 묻는 듯한 여자애의 표정, 고개를 연신 숙이며 괜찮다고 말하는 초등학생. 분명 오늘 처음 봤을 텐데 그들은 손을 내밀고 의지하고 감사 인사를 전하는 데에 어색하지 않았다. 입가 근육이 버터가 녹는 듯 풀어지는 느낌이었다.

"크리커가 궁금해하지?"

나는 양해윤의 뒷말이 무엇을 뜻하는지 똑똑히 알았다. 하지만 내색하고 싶은 마음이 없었다.

"아니."

"피, 거짓말. 크리커는 분명히 나한테 무슨 일이 있었는지 궁금할 거야. 어쩌면 알아냈을지도 모르지. 걔, 수호신이라며?"

"안 믿는다더니 믿는 거였어?"

"아니. 너희 웹툰 너무 많이 보는 거 아니야?"

감자튀김이 짰다. 나는 손가락으로 감자튀김에 묻은 소금을 털어 냈다. 양해윤을 정신적으로 돕는다면 크리커에게 퍼즐이 나타날까. 지금 이런 생각을 갖는 자체만으로도 나는 양해윤에게 죄를 짓는 느낌이었다.

"점점 나아지고는 있는데 난 수면제가 없으면 잠들기 힘들 때가 있어. 창희가 도와 달라고, 딱 한 번만 사실대로, 본대로 말해 주면 된다고 했는데 거절했어."

내 예상이 맞았다. 그 기사를 보고 어쩌면 양해윤이 피해자인 A선수가 아니라 증언을 거부했던 동료들 중 하나일지도 모른다고 생각했다. 반쯤 먹은 햄버거를 손에 쥔 채 양해윤이 창밖 너머를 응시했다.

"중학교 때부터 창희가 당하는 걸 봤어. 그래서 얼마든지 내가 본 대로, 있는 그대로 말해 주면 되는 거였는데……. 겁이, 겁이 났어. 사실대로 말하면 난 어떻게 되는 걸까. 계속 활을 잡을 수는 있는 걸까. 나한테는 목표가 있는데 괜한 일로 망쳐 버리는 건 아닐까."

감자튀김이 눅눅해졌다. 나는 콜라를 한 모금 마셨다. 톡 쏘는 탄산 덕분에 번쩍 정신이 들었다. 지금은 입을 다물고 있는 것이 최선이 아닐 수도 있었다.

"나라도 그렇게 생각했을 거야."

"아니, 한조 너라면 창희 손을 잡아 줬을 거야. 남들이 들으면 미쳤다고 할, 수호신이라고 떠들어 대는 크리커를 믿어 주잖아. 이유야 어떻든 말이야."

크리커가 귀찮아서, 보내 버리고 싶어서 어쩔 수 없이 돕는 거라는 말은 하지 않았다. 마일리지 쌓듯 퍼즐을 채워 제 세계로 보내는 게 내 목적이라고 솔직하게 말할 만큼 나는 어리석지 않았다. 지금 타이밍에서 나의 최선은 양해윤의 말을 가만히 들어 주는 것이었다.

"창희는 이길 수 없는 싸움을 하고 있었어. 결국 이 바닥에 돌아오려면 그런, 그런 일은 참아야 했어. 물론 말도 안 되는 소리지. 폭력을 참는다는 게 어떤 지옥일지 아니까. 그런데 나는 도와 달라는 창희 말을 들으면서 다행이란 생각도 한 거 아니? 내가 아니라 다행이다……. 그래서 거절했어. 그런데 걘 '알았어, 미안해'라고만 했어. 심지어 날 보고 웃으면서 괜찮다고 손도 잡아 줬어. 잊으라고 말이야."

유리창에 비친 양해윤의 얼굴이 보였다. 잘못 본 것이길 바랐지만 양해윤의 눈이 조금씩 일그러지고 있었다. 나는 행여 양해윤이 소리 내서 울까 봐 조마조마했다. 하지만 양해윤은 울지 않았다. 햄버거를 한 입 먹더니 말을 이어 갔다.

"그리고 내 손을 잡던 그 손으로 자기 손목을 그었어. 응급실에 실려 갔단 소식을 나중에 듣고 얼마나 무서웠는지 몰라. 그날 이후로 잠드는 게 힘들어. 지금까지 쭉. 이번 국가대표 선발전에서 떨어진 거 당연한 거야. 아빠는 선발전에서 탈락한 것 때문에 내가 긴장 완화제를 먹은 줄 알지만 아니야. 나, 활 잡으면 창희가 잡아 줬던 손이 너무 떨려. 그래서 경기장에 나서면 활을 못 쥐겠어."

나는 서툰 위로의 말을 건네지 않았다. 할 줄도 몰랐고 이 상황에 가장 적절한 말이 무엇인지 알지도 못했다. 가슴이 답답했다. 그럴싸한 위로는 건넬 수 없어도 계속 아무 말 없이 앉아 있기는 싫었다. 입을 꾹 다물고 있는 내 신세가 햄버거 속 흐물거리는 양파와 다를 게 뭔가.

"한조야, 난 내가 받아야 할 벌을 받고 있는 거니까. 죽을 때까지 잠들지 못해도 상관없어."

양해윤은 완전히 패배자처럼 굴었다. 양궁 카페에서 과녁을 향해 활을 잡던 모습과는 전혀 딴 사람 같았다. 어쩌면 양해윤을 다시 예전처럼 되돌릴 수 있지 않을까. 나는 활을 꼭 쥔 그 손을 기억했다. 분명 지옥 속을 살고 있다고 하면서도 양해윤은 활을 놓지 않았다. 그것만으로도 설명은 충분했다.

"양해윤. 너 그 사건 이후로 창희라는 애, 만난 적 있어? 찾아가서 네 속마음 털어놓은 적 있냐고?"

그제야 양해윤이 몸을 돌려 날 바라보았다. 나는 고개를 돌리지 않았다. 유리창 밖 횡단보도를 건너는 사람들에게 눈을 고정한 채였다. 사람들의 행선지는 알 수 없지만 제 갈 길을 묵묵히 걸어가는 사람들의 단단한 발걸음이 좋아 보였다. 지금 양해윤에게 필요한 건, 딱 저만큼의 한 걸음일 수도 있겠다.

"만나겠다면……. 내가 같이 가 줄게."

나는 자리에서 일어섰다. 그제야 양해윤 쪽으로 고개를 돌렸다. 앉아서 날 올려다보는 양해윤의 눈동자에는 물기가 조금 맺혀 있었다.

"가자."

나는 양해윤을 향해 섣불리 손을 내밀지 않았다. 그 애가 잡아야 할 손은 내 손이 아니니까.

운동화 끈을 묶고 운동장으로 들어섰다. 남자애들에게 축구공을 던져 준 체육이 여자애들에게 스트레칭 동작을 시범 보였다. 그러나 여자애들은 무리 지어 수다 떠는 일에 구미가 더 당기는 모양이었다. 몇몇은 동작을 부지런히 따라 했지만 대다수가 설렁설렁 대충이었다.

연주는 새로 산 립밤을 크리커 입술에 발라 주느라 야단이었다. 보다 못해서 운동장으로 들어서기 전에 딱 한마디 한 것이 크리커를 당황하게 만든 게 아닌지 걱정되었다.

"야, 쓸데없는 짓 하지 마. 그딴 거 안 발라도 괜찮아."

있는 사실을 말했을 뿐인데 연주와 주위 여자애들이 "오, 이한조! 로맨틱 가이. 크리커는 아무것도 안 발라도 예쁘다는 건가?" 하더니 온갖 수선을 피우고 난리였다.

몸풀기를 하는데 공이 내 발치로 굴러왔다.

"그렇게 한 판 하자고 했는데 이제야 하는 건가? 어?"

권승재였다. 형광 주황색 축구화를 신은 모습이 의기양양했다. 나는 아무래도 좋다는 뜻으로 어깨를 한 번 으쓱했다. 녀석의 미소에 그 어떤 저의도 없어 보여서 나도 피식 웃어 주었다.

"반대쪽에서 뛰어야 승부가 나겠지?"

"물론."

경기가 시작되었다. 권승재를 주축으로 한 팀은 빠른 공격을 주특기로 치고 들어왔다. 반면에 우리 팀은 수비에 치중하느라 제대로 된 공격 포인트를 잡지 못했다. 최전방 수비의 호흡이 맞지 않아 상대 팀 공격수가 우리 쪽 골문 앞까지 순식간에 밀고 들어왔다.

"막아, 지승현!"

누군가 우리 팀 골키퍼를 향해 악을 썼다. 우리 팀은 공격수와 수비수 가리지 않고 골문 수비를 향해 뛰어들었으나 권승재 팀도 만만치 않았다. 맨투맨 방어가 맞물려 골문 앞은 아수라장이었다.

축구공이 골문을 향해 날아갔다. 퍽! 분명히 저 위치라면 골을 넣고도 남을 자리였다. 권승재 무리 중 한 명이었다. 일부러 지승현을 노리고 찬 공이란 것은 지나가던 개도 알 일이었다. 보현 스님이 우기는 바람에 주말마다 말도 안 되는 정정당당 훈련을 받는다고 하지만 하루아침에 지승현의 운동신경이 일취월장할 수는 없는 노릇이었다. 그러나 지승현은 제 몸을 맞고 튕겨 나간 공을 포기하지 않았다. 끝까지 공을 노려보며 수문장으로서의 역할을 다하고 있었다.

"슛!"

공을 다시 잡은 녀석이 비웃듯 슛을 쏘았다. 직선으로 날아간 공이 지승현의 허벅지를 정확히 맞혔다. 퍽 소리가 들릴 정도였으니 그 충격이 가볍지만은 않을 것이다. 몇몇이 기겁한 듯 권승재 무리의 눈치를 봤다. 지승현에게 다가가려는데 또다시 공을 잡은 무리 중 한 녀석이 슛을 날리려고 포즈를 잡았다. 예전의 살인 축구처럼 분위기가 묘해졌다. 그만하라고 말하려는 찰나, 권승재가 축구공을 발로 잡았다.

"어허, 그만! 손대지 마."

권승재가 공을 차려던 녀석의 귀를 잡아당기며 말했다. 그러더니 지승현에게선 시선을 떼지 않고 애들을 향해 경고했다.

"발 조심해. 지승현 저 새끼, 발 무섭게 쓴다."

권승재가 의미심장한 눈길을 지승현에게 보냈다. 그때 전반전

이 끝났다는 것을 알리는 휘슬이 울렸다. 수돗가에서 땀을 식히던 내 곁으로 지승현이 다리를 살짝 절면서 다가왔다. 공에 맞은 충격이 가시지 않은 발걸음이었다.

"다친 거면 보건실 가."

내 말에 지승현이 동문서답으로 응수했다. 찬물로 세수를 한 지승현의 얼굴이 묘하게 기분 좋아 보이는 것은 뭘까.

"나, 인정받은 건가? 권승재한테?"

혼자 중얼거리는 지승현의 얼굴에 찬물을 뿌렸다. "으앗!" 녀석이 비명을 질렀다. 물세례를 맞고도 히죽대는 지승현의 모습이 낯설기도 하고 괜히 반갑기도 했다.

"야, 이한조! 후반전 시작 안 해, 어?"

권승재가 운동장 한복판에서 고래고래 소리를 질렀다. 나는 지승현의 등을 툭 쳤다. 운동화 끈을 다시 고쳐 묶고 운동장을 향해 뛰었다. 아무래도 보현 스님의 그 말도 안 되는 훈련이 사람 사이를 이상하게 만드는 뭔가가 있는 것 같았다. 발이 유난히 가벼웠다.

─ 같이 가 줄래?

자정이 넘어 온 문자메시지에 잠을 설쳤다. 양해윤이 얼마나 고민을 했을지 짐작이 가는 내용이었다. 몇 날 며칠을 고심했겠지? 내게 문자를 보낼까 말까를, 어쩌면 문자를 썼다 지웠다를 수백 번 했을지도 모를 일이었다. 나는 내게 무사히 온 문자메시지를 바라보며 휴대폰을 만지작거렸다. 양해윤의 망설임이 글자에 그대로 묻어나는 것 같았다. 그 애의 새로운 시작을 응원하고 싶은 마음이었다.

'올 때가 됐는데……'

A시 W역에서 만나기로 한 시간이 11시였다. 하지만 역 어디에서도 양해윤을 찾을 수가 없었다. 공휴일이라 그런지 등산복 차림의 등산객이 대부분이었다.

'설마 오기로 해 놓고 마음 바꾼 건 아니겠지?'

역사 밖으로 나갔다. 하늘도 맑고 공기도 좋았다. 황금 같은 휴일에 그 정정당당 훈련인지 뭔지 가지 않아서 일단 신났다. 무슨 꿍꿍이인지 보현 스님은 토요일마다 나와 권승재, 지승현을 불러 말도 안 되는 체력 훈련을 시켰다. 주로 뒷산을 뛰어올랐다 내려오는 건데 숨이 차서 심장질환을 부를 것 같았다. 아프다는 핑계를 대며 크리커에게 스님께 잘 둘러대라고 말은 해 놨지만 다음에 스님이 날 가만두지 않을 게 불 보듯 뻔했다. 나무 그늘 아래서 괜히 발 차기를 해 봤다.

"이한조!"

뒤를 돌아보자 멜빵바지 차림의 양해윤이 긴장한 표정으로 서 있었다. 행여 마음이 변할까 봐 나는 달려가서 양해윤의 팔을 잡아끌었다. 우리는 버스 정류장으로 걸음을 옮겼다. 이 길이 어떤 길인지 알기에 나는 가능하면 시답지 않은 농담으로 긴장을 풀고

자 했지만 안타깝게도 내가 아는 농담이라고는 난센스 퀴즈가 전부였다. 반 애들이 떠들어 대던 아재 개그라도 하나쯤 외워 둘 걸 그랬다.

버스 맨 뒷자리로 가서 앉았다. 나는 오른쪽 창가에, 양해윤은 왼쪽 창가에 마치 남남인 듯 떨어져 앉았다. 양해윤에게는 그 어느 때보다 긴장되는 순간일 것이다. 한적한 시골길을 달려 잘 지어진 정자가 있는 정류장에서 내렸다. 머뭇거리는 양해윤에게 먼저 말을 걸었다.

"혼자 가는 게 낫겠지? 여기서 기다릴게."

버스 정류장 앞에 놓인 플라스틱 의자에 앉으려는데 양해윤이 내 앞을 가로막았다. 까만 눈동자에 두려움이 가득했다. 나는 내가 해야 할 일이 무엇인지 깨달았다. 그리고 크리커가 내게 처음 건넨 말이 떠올랐다.

'모든 십 대에겐 그들을 지켜 주는 수호신이 반드시 존재해.'

지금 양해윤의 수호신은 어디서 무엇을 하고 있을까. 하지만 없어도 괜찮다, 내가 있으니까. 오늘만은 내가 양해윤의 수호신이 되기로 결심했다. 있는 힘껏, 내가 할 수 있는 최선을 다해 보고 싶은 생각이었다.

"가자."

나는 손을 내밀었다. 양해윤이 내 손과 얼굴을 번갈아 바라보았다. 너무 혼자서만 의욕에 넘친 것 같아서 머쓱한 기분이었다.

괜히 손을 털고 앞장서서 걸었다. 등 뒤로 양해윤의 발소리가 들렸다. 발소리에 귀를 기울이며 마을로 난 길을 따라갔다. 타박타박, 양해윤의 발걸음이 들려주는 소리는 단단했다. 휘청거리지도, 넘어지지도 않을 것 같아서 나도 모르게 웃었다.

발걸음 소리가 조금 빠르게 들리더니 내 새끼손가락 끝에 온기가 닿았다. 양해윤이 내 새끼손가락을 꼭 잡았다. 갑작스러운 온기에 살짝 놀랐지만 손을 뿌리치는 못난 짓 따윈 하지 않았다. 오히려 나머지 손가락을 웅크려 양해윤이 내 새끼손가락을 더 꼭 잡도록 했다.

"저 집이야."

길 끝자락에 위치한 전원주택이었다. 지중해풍 외관이 인상적인 집이었다. 뒤편으로는 나지막한 산자락이 이어져서 책에서 종종 묘사하는 그림 같은 집이 이렇지 않을까 싶었다. 그러나 집에 가까워질수록 양해윤의 호흡이 가빠졌다. 집 앞에 도착하고 나는 한발 뒤로 물러섰다. 그리고 말없이 초인종에 시선을 주었다. 양해윤이 심호흡을 크게 하더니 손을 들어 초인종 벨을 누르려고 했다. 하지만 실패였다. 초인종을 누르려는 손이 얼마나 떨리는지 내가 다 말리고 싶은 심정이었다.

양해윤이 나를 돌아보았다. 간절한 눈빛을 외면할 수 없었지만 크리커라면, 진짜 수호신이라면 이럴 때 어떻게 하는 것이 옳을지 생각했다.

"벨을 누를 준비가 될 때까지 같이 기다려 줄게."

담벼락 아래에 자리를 잡고 앉았다. 한숨을 쉬더니 양해윤도 내 곁에 와서 쪼그려 앉았다. 우리는 대화 없이 주변 풍경에 눈길을 주었다. 푸른 숲이 우거진 산을 보고 있자니 눈이 맑아지는 기분이었다. 하늘 위로 이름 모를 새들이 떼를 지어 날았다.

— 어디야? 보현 스님이 너 오늘 안 왔다고 다음 주에 너 혼자 지옥 훈련이래.

'참나, 절에서 무슨 지옥을 보여 주겠다고……'

기가 막혀서 크리커의 문자메시지를 지우려는데 옆에 앉은 양해윤의 숨소리가 달라졌다. 나는 양해윤의 시선을 따라 눈길을 돌렸다. 집으로 올라오는 길 아래에서 진돗개 한 마리가 보이더니 우리 또래 여자애가 걸어오고 있었다. 말하지 않아도 그 애가 누구인지 짐작할 수 있었다.

"어차피 벨 누를 필요 없겠다."

바지를 털면서 자리에서 일어났다. 가만히 내 곁에 서 있는 양해윤을 내려다보았다. 단단히 서 있는 듯 보였지만 손끝이 가늘게 떨리고 있었다. 나는 그 손을 아주 잠깐 쥐었다, 있는 힘껏. 그제야 양해윤이 나를 올려다보았다.

"가, 네 등 뒤에서 기다리고 있을게."

양해윤이 결심한 듯 입을 꼭 다물고 고개를 끄덕였다. 나는 그런 양해윤을 향해 싱긋 웃어 주었다. 어색할지도 모를 표정이겠지. 그래도 내 진심을 담아 웃었다. 아무것도 걱정하지 말라는 응원이었다.

양해윤이 여자애를 향해 타박타박 걸어갔다. 그런 양해윤의 걸음걸이가 흔들리지 않아서 기뻤다. 저 애는 내가 생각한 것보다 훨씬 단단한 사람이구나.

진돗개가 제 주인에게 다가오는 양해윤을 향해 컹컹 짖어 댔다. 그래도 양해윤은 발걸음을 멈추지 않았다. 나는 천천히 두 사람을 향해 온 신경을 모았다. 드디어 두 사람이 서로를 마주하고 섰다. 울고 불고 소리치는 장면이 연출될 것인지, 한쪽이 다른 한쪽을 외면하고 제 갈 길을 가는 장면이 펼쳐질 것인지, 심장이 빠르게 뛰었다. 그러나 내 귓가에 분명하게 들리는 소리는 평화롭고 잔잔하기 그지없었다.

"안녕?"

평범한 인사였다. '안녕'이란 짧은 인사에 수많은 시간을 흘려보낸 두 사람의 쓰디쓴 사연과 아픔이 점잖게 아물고 있는 느낌이었다. 담벼락에 든든하게 등을 기대고 선 내 두 발이 오히려 휘청거렸다.

둘은 제자리에 서서 이야기를 나눴다. 저들이 무슨 대화를 나누는지 알 수 없었다. 가슴을 졸이는 대신 나는 눈앞의 풍경에 시선을 두었다. 봄날은 푸르렀고 가슴 한복판에도 푸른빛이 들어차는 듯했다. 내가 들이쉬는 공기마저도 눈부시게 푸른빛이 아닐까

하는 생각이 들 정도였다. 푸른 숨이 가슴 가득 들어차 부정적인 생각 따위는 자리 잡을 수 없을 정도로 싱그러움이 내 몸에 꽉 메워지는 기분이었다.

양해윤이 갑자기 두 손을 들어 얼굴을 감쌌다. 나는 빠른 걸음으로 양해윤에게 다가갔다. 그 애, 김창희가 양해윤에게 말하고 있었다. 마치 어제 봤던 친구 대하듯 다정한 목소리로 말이다.

"해윤아, 우리 떡볶이 먹으러 갈래? 너, 밀떡 좋아했잖아. 예전처럼 같이 먹자."

됐다, 이것으로 나의 수호신 노릇은 끝났다. 나는 크리커의 기분을 조금은 알 수 있을 것 같은 심정이었다.

세상의 모든 신들

$\bigstar$
⋮

담벼락 아래 작은 그림자, 크리커였다.

"다녀왔어."

크리커를 보자마자 왜 하필 이 말을 건넸을까. 크리커는 내 목소리를 듣고 웅크렸던 몸을 펴고 일어났다. 어딜 다녀왔냐고, 뭘 하다가 이제 왔냐고, 누구를 만난 거냐고, 크리커는 내게 아무것도 묻지 않았다. 심지어 아프다는 내 거짓 문자메시지를 추궁할 생각도 없어 보였다. 그냥 내 곁으로 오더니 나를 빤히 올려다보았다. 나는 크리커의 눈길을 피하지 않았다.

달빛 아래, 크리커는 위태로운 십 대를 구하는 수호신이라기보다 그냥 내 또래 평범한 여자애일 뿐이었다. 이 작고 평범한 여자애가 누굴 구하겠다고 이 세상에 혼자 나타난 것인지. 어쩌면 내가 지금 당장 필사적으로 도와야 할 사람은 양해윤이 아니라 크리커가 아니었을까. 나는 이제 위로하는 것이 두렵지 않았다. 크리커에게 손을 뻗으려는 순간, 크리커가 내게 안겨 왔다.

"고마워, 이 세상에 나 혼자가 아니라고 느끼게 해 줘서."

그 말에 실없이 입가가 실룩거렸다.

"내가? 아직 아무것도 해 준 게 없는데?"

의도치 않게 마음이 말랑거리는 기분이었다. 심장이 마시멜로처럼 폭신거리는 느낌이었다. 나는 어디다 손을 둬야 할지 몰라 허둥대다가 크리커의 머리에 손을 올렸다. 크리커는 내 허리를 꼭 끌어안은 채 밤공기를 천천히 마셨다. 나 역시 숨을 크게 들이마셨다. 매번 비슷한 공기였을 건데 이상하리만큼 몸이 가벼워졌다.

우리는 그네에 나란히 앉았다. 놀이터의 밤은 고요했다. 십 대에게 갈 곳이 놀이터뿐이라는 게 뭔가 뻔한 코미디 같았다. 드라마 속에서도 십 대들이 진지한 이야기를 나누거나 연애를 할 때면 놀이터가 단골 장소였다. 아직 정식 수호신이 되지 못한 크리커와 어쩌다 만난 십 대 인간인 나 역시 마찬가지였다.

발을 굴러 그네를 밀었다. 허공을 가르고 밤하늘을 향해 다리를 차올리는 기분이 나쁘지 않았다. 내 동작을 곁눈질하더니 크리커도 밤하늘을 날 기세로 그네를 탔다.

"A시 오일장이란 곳에 갔는데 산나물이 많더라."

"산나물?"

"응, 보현 스님 밥상에 많이 올라오는 거. 근데 종류가 엄청나더라고. 난 고사리밖에 모르니까 나머지는 뭐, 그냥 산나물이지."

크리커는 내 말에 "아, 그렇구나" 정도로 응수했다. 오일장에 왜 갔냐, 누구랑 갔냐는 질문은 끝끝내 하지 않았다. 분명히 궁금할 텐데도 크리커는 입을 꾹 다물었다.

"산나물은 안 먹었어. 대신 밀떡으로 만든 떡볶이를 먹었지."

"응, 그래."

나는 그네를 세우고 크리커 앞에 가서 섰다. 그 바람에 크리커가 놀라 휘청거렸다. 나는 크리커가 탄 그네를 손으로 움켜잡았다.

"양해윤이 웃었어. 그냥 웃는 거 말고 진심을 다해서 웃었어. 떡볶이를 먹었어, 그 애랑 같이 말이야. 돌아오면서 양해윤이 오늘 밤은 푹 잘 수 있을 것 같다고 하더라."

크리커는 가만히 그네에 앉아 있었다. 크리커의 시선이 와닿는 곳은 내 발끝이었다.

양해윤을 만나러 W역까지 달려갔던 발. 양해윤과 함께 낯선 길을 걷고 그 애의 집 앞을 서성였던 발. 그 애를 마주하고 작게 떨고 있던 양해윤의 등 뒤를 지키고 서 있던 발. 그리고 그 긴 걸음을 묵묵히 걸어 내고 다시 크리커 앞으로 돌아온 발.

나는 깨달았다. 양해윤과 동행하기로 결심하고 집을 나서는 순간 내 발은 이전과 다른 걸음을 가게 될 것이라는 사실을 말이다. 집으로 돌아오는 버스 안에서 양해윤이 내게 말했다. 고맙다고, 내가 함께 가 줘서 용기 낼 수 있었다고. 크리커 말대로 자신에게도 수호신이 나타났다고. 그게 나라고, 양해윤의 수호신은 이한조라고. 그 말을 듣고 심장이 터질 것처럼 뜨겁게 뛰었다.

"한조야, 우리도 집으로 가자. 오늘 밤에 푹 잘 수 있겠다, 그렇지?"

크리커가 손을 내밀었다. 나는 아주 오랫동안 그 작은 손을 기다렸던 것처럼 자연스럽게 잡았다.

"크리커."

"응?"

보름달이 떴다. 어둠이 켜켜이 내려앉은 골목길을 손잡고 걸었다. 발아래, 크리커의 그림자가 허리를 넘어 가슴께까지 올라왔다. 짙어진 그림자에 대해 언급하지 않았다. 대신 나는 가슴속에서 슬그머니 고개를 든 물음 하나를 크리커에게 던졌다.

"세상의 모든 수호신은 다 너 같아?"

크리커는 대답하지 않았다. 대신 조용한 골목길 어둠을 밝힐 만큼의 웃음소리가 내 귓가에 스쳤다. 그래서 나도 소리 없이 웃고 말았다. 대답이 없으면 어떠랴. 어떤 대답이든 무슨 상관이랴. 우리 모두 오늘 밤은 편안히 잠들 것인데.

언제 출발할 거냐는 권승재의 문자메시지를 보고 눈을 몇 번이나 껌뻑였다. 내 전화번호는 어떻게 안 거지? 의아해하는데 기다렸다는 듯 지승현에게 전화가 왔다. 권승재에게 내 번호를 알려 줬다는 것이다. 미안하다는 지승헌에게 "뭐가?"라고 묻고 말았다. 좀 더 친절하게 '괜찮아. 신경 쓸 것 없어'라고 했어야 하나. 괜한 후회를 하고 있는데 권승재에게 문자메시지가 또 왔다. 왜 빨리 안 나오냐고 재촉하는 내용이었다.

"하, 얘 뭐지?"

운동화를 구겨 신고 집을 나섰다. 주말마다 정정당당 훈련이고 뭐고 귀찮아 죽겠다.

골목을 빠져나와 사거리 정류장 쪽으로 향하는데 누군가 내 뒷덜미를 잡아챘다. 재빨리 몸을 틀어 녀석의 팔꿈치를 가격했다.

"오오, 살아 있네! 이한조, 제법인데?"

권승재였다. 서로를 붙잡았던 손을 풀고 정류장으로 걸어갔다. 앞서거니 뒤서거니 걷는 모양새가 남들의 눈에는 어떻게 보일까.

"일각암 가서 보면 되는데 여기서 뭐 하냐, 너?"

내 퉁명스러운 말투에도 녀석은 아랑곳하지 않았다. 하긴 권승재가 쫄 일은 이 세상에 없을 것이다.

"내가 할 말이 있어서 왔지 그냥 왔겠냐?"

"할 말이 뭔데?"

권승재랑 오래 말꼬리 물고 늘어져서 좋을 일 없다는 것은 본능적으로 알았다. 목이 말라서 편의점에 잠깐 들를까 말까 고민하는데 권승재가 예상에서 한참이나 벗어난 소리를 했다.

"너, 크리커 좋아하냐?"

나는 발걸음을 멈췄다. 얘가 돌았나? 고개를 돌려 바라보니 뜻밖에도 녀석의 표정은 시비조도 농담조도 아닌 세상 진지한 모습이었다. 당혹감이 몰려왔다.

"내가 크리커한테 관심이 있어. 그것도 아주 많이."

"허허."

그러려고 한 것은 아닌데 책 읽는 듯한 웃음소리를 냈다. 비웃음도 아니고 가벼운 코웃음도 아닌 뭐랄까, 당혹감과 어색한 분위기를 쇄신해 보려는 나름의 노력이랄까?

"크리커에 대해 알고 싶고 이것저것 궁금해서 밤에 잠도 못 자. 하아, 짝사랑인가?"

'이 미친놈이 지금 뭐라고 떠들어 대는 거지?'

빈속으로 나왔는데 체기가 있는 것처럼 느껴졌다. 멀뚱히 권승재를 쳐다보자 녀석이 짓궂은 표정을 지었다. 그러더니 내게 한다는 소리가 가관이었다.

"왜? 깡패 새끼가 순정은 있네, 뭐 그런 거야? 어?"

나는 할 말을 잃었다. 권승재에 대해 따로 시간을 내서 생각해 본 적도 없거니와, 크리커를 좋아한다는 말을 듣고 내가 어떤 반응을 보이는 것이 맞는지 고민해 보지 못했기 때문이다.

"깡패의 순정이라……. 근데 넌 양아치 아니었어?"

"아이 씨, 이걸 확!"

권승재가 내게 주먹을 흔들어 보였지만 내 시선은 그 주먹 너머에 가 있었다. 사람들이 잘 다니지 않는 길이었다. 건물과 건물 사이에 한 무리의 아이들이 몰려 있었다. 내 시선을 따라 고개를 돌린 권승재는 가소롭다는 듯 피식거렸다.

"양아치는 재들이지."

뜬금없이 마카롱을 사겠다며 디저트 카페에 들어가려는 권승재의 뒷덜미를 잡았다. 갑작스러운 내 손길에 녀석이 휘청댔다.

"뭐야, 갑자기!"

나는 고갯짓으로 건물 사이를 가리켰다. '뭘 어쩌라고?' 하는 눈빛으로 권승재가 입을 삐쭉거렸다. 녀석은 다 알면서도 의뭉스럽게 굴었다.

"도와주자."

나도 내 입에서 나온 소리에 소스라쳤다. 완전한 타인을 돕는 오지랖은 사라진 지 오래라고 믿었는데 이제 서서히 다시 튀어나오려는 것인가. 권승재가 또라이 보듯 내 얼굴을 멀거니 쳐다보았다. 도와주지 않겠다면 나 혼자 움직이는 수밖에. 건물을 향해 발길을 돌리려는데 등 뒤에서 내 어깨를 감싸는 뜨겁고 단단한 손길이 느껴졌다.

"양아치네, 저것들. 이한조! 난 개싸움 안 한다. 자기 몫은 알아서 스스로 처리. 오케이?"

"콜!"

나의 대답과 동시에 우리는 그곳으로 달려갔다. 무리에게 둘러싸인 남자애는 이미 초주검이 되어 있었다. 권승재는 타고난 싸움꾼이었다. 무협소설 주인공이 현실 세계에 나타난다면 아마도 권승재의 모습을 하고 있지 않을까. 내지르는 주먹은 빠르고 가벼웠지만 그 무게는 묵직했다. 공격을 피하는 발놀림은 춤추듯 경쾌해 보이기까지 했다. 곁눈질로 그 몸짓을 흘깃대다 한 놈에게 턱을 한 방 제대로 맞았다. 턱이 부서지는 줄 알았다. 권승재가 그 모습을 보고 내게 달려와 발 차기를 날렸으나 헛발질이었다. 얻어맞는 데도 웃음이 났다. 녀석도 헛방일 때가 있구나, 하는 생각이 스치자 "인간적인데?"라는 말이 절로 튀어나왔다.

"꺼져! 양아치들아, 떼거지로 한 명을 잡냐?"

나는 바닥에 쓰러져 기절한 남자애를 부축했다. 얼마나 맞았는지 온몸이 엉망이었다. 정신 차리라고 뺨을 가볍게 때렸지만 아무래도 병원으로 데려가야 할 듯싶었다. 부축 좀 도와 달라는 내 말에 권승재가 콧구멍을 후볐다.

"아, 진짜 더럽게 귀찮게 구네. 너 원래 이런 캐릭터였냐?"

녀석이 투덜거렸다. 치사했지만 별수 없었다. 나는 녀석의 구미가 당길 만한 말을 건넸다.

"크리커였으면 앰뷸런스 부르고 난리 났을 건데. 아마 헌혈도 하겠다고 했을걸?"

나는 왜 점점 갈수록 능구렁이가 되는 것일까.

"내가 업을게. 앞장서, 이한조."

기절한 애를 결국엔 권승재가 업었다. 오른손이 한 일을 왼손이 꼭 알게 하고 온 동네방네 알리라고 녀석이 강조했다. 병원으로 향하는 내내 녀석은 이 일을 반드시 크리커에게 큰 소리로 알려 달라고 몇 번이나 부탁했다. 협박이 아닌 부탁을 하는 녀석이라……. 크리커를 만나고 모든 것이 서서히 변하고 있었다.

깨지고 엉망이 된 남자애를 응급실 침대에 내려놓자마자 의사는 진찰을 시작했다. 남자애의 옷을 벗긴 의사는 상처를 살폈다. 한눈에 보기에도 온몸이 타박상으로 얼룩져 있었다.

"환자와 어떤 관계죠?"

의사의 말에 권승재의 미간이 일그러졌다. 뭘 그런 걸 물어보냐는 눈치였다.

"오가다 만났습니다."

시건방진 권승재의 말에 간호사의 인상도 한껏 구겨졌다. 나는 사태가 엉망이 되는 것을 막으려고 사실대로 털어놓았다. 길을 가다가 우연히 싸우는 것을 목격했다. 그런데 이 친구가 일방적으로 맞고 있었다, 하고. 아무래도 간호사가 경찰에 신고할 모양이었다.

"아, 진짜! 일 징그럽게 꼬이네. 것 봐, 그냥 가자니까. 크리커가 기다리겠……."

그때 마침 절묘하게도 크리커에게서 전화가 왔다. 둘 다 지각이라며 보현 스님이 단단히 화가 났다는 말을 속사포로 쏘아 댔다. 휴대폰에서 들리는 크리커의 목소리에 권승재의 눈이 반짝였다. 녀석이 내게 바싹 들러붙더니 휴대폰에 얼굴을 들이밀고 소리쳤다.

"크리커, 여기 병원 응급실이야!"

나는 재빨리 전화를 끊었다. 등에 업혀 온 아이는 정신을 차리지 못하고 있었다. 수액을 맞고 있었지만 의사 말로는 복부 촬영을 해야 할 것 같다고 했다.

"야, 한조 너 이 자식! 왜 끊어?"

"넌 크리커가 걱정하면 좋냐?"

갑자기 권승재가 입을 꽉 다물었다. 내가 추측하는 것보다 훨씬 더 진심으로 크리커를 좋아하는 건가? 입술을 깨무는 폼이 예사롭지 않았다. 그러더니 아무래도 우린 괜찮다는 문자메시지라도 보내야겠다며 호들갑을 떨었다.

"이한조, 가자. 이 정도 했으면 된 거 아냐?"

여전히 의식을 차리지 못하는 남자애를 향해 고갯짓을 하며 권승재가 물었다. 가는 것이 맞는데 발길이 쉽사리 떨어지지 않았다. 적어도 보호자가 오는 것은 보고 가야 하지 않을까 싶었다.

"경찰 오면 알아서 하겠지. 난 경찰 별로야."

"그건 네가 깡패라 그렇고."

내 말에 발끈할 줄 알았는데 권승재는 대놓고 낄낄거렸다. "농

담이 아주 수준 미달일세" 이러면서 말이다. 기왕 이렇게 된 것 남
자애가 의식을 찾을 때까지라도 자리를 지키자는 데 합의를 봤
다. 병원 복도로 나와 의자에 앉았다. 대형 텔레비전에서 학교폭
력 문제를 주제로 각 분야 전문가의 토론이 한창이었다. 텔레비
전에 시선을 준 권승재가 바람 빠지는 소리를 하며 웃었다.

"쇼하네."

"넌 가해자라서 심각성을 모르는 거 아냐?"

권승재가 날 쳐다보았다. 내 말에 양심이 찔렸나 했는데 그건
아닌 것 같았다. 학교폭력 가해자로서의 우월감을 느끼는 것도,
그렇다고 피해자의 심정을 백분 이해하는 것도 아닌 얼굴이었다.
가면을 씌워 놓은 듯한 모습이었다.

"내가 태어날 때부터 이 모양인 줄 아냐, 어?"

그렇게 생각하지는 않았다. 하지만 권승재 편을 들어 줄 이유
도 없었다. 나는 입을 다물고 얄궂게 텔레비전만 주시했다. 보현
스님이 그랬다. 인간은 물론이고 하물며 미물에게도 저마다의 사
연이 있다고 말이다.

"어디 가?"

"오줌 싸러 간다, 왜!"

둘 사이를 메운 침묵의 무게를 이기지 못하고 권승재가 입고
있던 점퍼를 의자에 냅다 던져 놓더니 자리를 박차고 일어섰다.

"저, 저건 또 뭐지?"

화장실로 향하는 권승재의 뒷모습을 보고 나는 깜짝 놀랐다. 녀석의 옆구리에 시뻘건 피가 배어 나오고 있었다. 개싸움 안 한다더니 혼자 개싸움 했나?

'뭐, 자기 몸인데 알아서 하겠지.'

팔짱을 끼고 텔레비전 화면에 시선을 옮겼다. 그러나 머릿속에서 계속 권승재의 피가 밴 옆구리가 재방송처럼 맴돌았다.

'저러다 과다 출혈로 쓰러지는 건 아니겠지? 권승재가 얼마나 독한 놈인데. 아니지, 독한 거랑 피 흘리는 거랑 무슨 상관이라고. 그래도 여기까지 생면부지 애를 같이 업고 왔는데 내가 모른 척하면 사람이 아니지.'

별의별 생각이 두뇌를 헤집고 돌아다녔다. 화장실로 권승재를 잡으러 가려는데 녀석이 타이밍 절묘하게 화장실에서 나왔다. 지나가던 사람과 부딪히더니 녀석이 옆구리를 움켜쥐고 오만상을 찌푸렸다. 그러더니 자기 손에 묻어나는 핏자국을 보고 멍한 얼굴이 되었다.

"너, 피 나. 개싸움 하다가 다친 모양이다."

내 말에 안 그래도 험악한 권승재의 얼굴이 한껏 찌그러졌다.

"지금 이 자리에서 기절할 정도로 아픈 건 아니지? 나, 너까지 업을 힘 없으니까 네 발로 걸어서 의사 앞으로 가자."

찔러도 피 한 방울 안 흘릴 것처럼 굴던 녀석이 끙끙대는 모습을 보고 있자니 낯설었다. 대놓고 도와주겠다고 해 봤자 권승재

성미에 내 손을 덥석 잡을 리도 만무했다.

"이한조. 내 발로 갈 테니까 대신……."

녀석이 갑자기 머뭇거렸다. 그 모습이 마치 똥 마려운 강아지 같아서 헛웃음이 나오려고 했다.

"치료받는 동안 내 옆에 좀 있어. 겁나서 그런 건 아니고 혹시나! 의료사고라도 나면 네가 증인이 돼야 하니까."

"가지가지 하네."

살다 보니 권승재에게 별소리를 다 듣는다. 피가 점점 짙게 번지는 녀석의 옆구리를 방치할 수는 없었다. 나는 소리 나게 녀석의 등을 치고는 응급실 안으로 밀었다.

"한조, 너 이 자식. 크리커한테 이건 알리지 마라."

"왜? 아까는 오른손이 한 일을 온 동네에 알리라며?"

갑자기 상처 부위에 열이라도 오르는 것일까. 권승재의 얼굴이 벌겋게 달아올랐다. 녀석의 콧구멍이 씰룩거렸다. 잘못 봤나? 입가가 살짝 호선을 그린 것도 같았다.

"크리거가 걱정하잖아, 어?"

나는 대답 대신 "아휴" 소리 내서 한숨을 쉬었다. 수호신은 깡패 같은 녀석의 심장에도 봄을 싹 틔우는 걸까? 그런 권승재의 모습이 조금 귀엽게 느껴지기도 했다.

응급실 침상 하나를 차지하고 앉은 권승재는 학교에서 봐 왔던 일진의 모습과 거리가 멀었다. 아닌 척해도 응급실 곳곳을 까만 눈동자를 굴리며 힐끔거리는 모양새가 겁먹은 어린 양 같아 보이기에 충분했다.

"야, 권승재. 쫄지 마."

"뭐래?"

제 속마음을 들킨 줄 모르는지 녀석은 콧방귀를 끼며 제법 여유로운 척했다. 의사가 다가와서 "어디 봅시다" 하는 순간 녀석의 얼굴이 흙빛으로 변하는 것을 보고 나는 실소를 터뜨렸다. 아무래도 찢어진 부위를 꿰매야겠다는 말을 듣고 녀석은 내 팔을 움켜잡았다. 나는 그런 권승재의 애 같은 면이 새롭고 나쁘지 않았다. 앞으로 학교에서 카리스마 운운하며 폼 잡으면 찬물 뿌릴 약점 하나를 잡은 셈이었다.

권승재가 웃옷을 벗었다.

"으아."

권승재의 입에서 나온 소리가 아니었다. 녀석의 벗은 몸을 보는 순간 막을 사이도 없이 내 입에서 흘러나온 소리였다. 오래된 상처가 권승재의 몸 여기저기에 흩어져 있었다. 분명히 아문 상처였고 상흔도 희미했지만 부상 당시 고통이 심했을 게 분명했다. 저런 똑같은 자국을 우리가 업고 온 남자애의 몸에서도 봤으니까. 그래서 남자애의 벗은 몸을 본 권승재의 얼굴이 지옥에 갔다 온 것처럼 순식간에 망가졌나 보다.

"자, 시작합니다. 따끔합니다. 참아요."

친절한 의사 선생님이었다. 말투로 보아 열일곱 다 큰 남자애를 유치원생 취급하는 성격이었다. "아, 진짜……." 권승재의 다음 말은 아마도 스타일 구기게, 정도가 되려나? 심각한 표정으로 옆에 서 있으려고 했으나 자꾸 웃음이 입가에 맺혔다. 웃지 않으려고 입술까지 꽉 깨물었다. 녀석이 날 보고 못마땅한 표정을 지었지만 별다른 뾰족한 방법이 있을 리가 없었다.

"으아아앗, 따가워!"

바늘이 권승재의 옆구리 살을 찌르자마자 녀석이 비명을 질렀다. 부분 마취도 했는데 호들갑은 국가대표급이었다. 그와 동시에 침상 주위로 살짝 쳐 놓은 커튼이 확 열렸다.

"너희 둘, 여기서 뭐 하는 거야?"

크리커였다.

변화

✦
⋮

세상의 다른 수호신도 불을 뿜으면 저런 표정을 지을까? 크리커의 표정에 놀란 나는 권승재의 손을 잡았고, 녀석은 헐벗은 제 몸을 남은 손으로 가리며 소리 없는 비명을 질렀고, 난리도 아니었다. 이 상황에서 침착한 사람은 딱 한 명, 의사 선생님뿐이었다.

"움직이지 마세요. 큰일 나요."

권승재와 나는 그 목소리를 신호 삼아 꼼짝하지 않고 숨만 쉬었다. 크리커의 눈치만 살피는데 응급실 안이 소란스러워졌다. 건너편 침상으로 의료진이 몰려갔다. 크리커의 어깨 너머로 보니 그 애였다. 우리가 업고 왔던 남자애. 심폐소생술을 하는 의료진의 모습에 나는 크리커를 밀치고 그 애에게 다가갔다.

"이한조, 너 왜 그래?"

크리커가 나를 따라 왔다. 잠잠했던 남자애의 호흡이 다시 거

칠어진 것 같았다. 의료진이 다급하게 처치하는 모습을 크리커는 긴장한 표정으로 지켜보았다.

"돕는다고 도왔는데 너무 늦었나 봐."

넋두리 같은 내 말에 크리커가 작게 고개를 끄덕였다. 그 작은 고갯짓이 서글프게 느껴졌다. 크리커의 커다란 두 눈에 눈물이 고였다. 내 눈에 맺힌 것도 아닌데 괜히 눈에 힘을 주었다. 그 바람에 미간이 보기 흉하게 일그러졌을 것이다. 크리커가 스스로를 탓하는 모습 따위는 보고 싶지 않았다.

"내가 이기적이야. 너 나 할 것 없이 모두 도와줬어야 하는 건데……."

나는 크리커의 등을 두드려 주었다.

"누구 탓도 아니야. 그냥 사고였어."

타이밍이 안 좋았다고, 너는 수호신인데 왜 그 타이밍을 예견하지 못하는 것이냐고 다그칠 수 없었다. 수호신이 뭐라고. 크리커 역시 자신이 지켜야 할 보호 대상과 똑같은 십 대였으니까. 온전한 성인이 되기 전인 열일곱의 나나 예비 딱지를 달고 있는 수호신 크리커나 미완의 존재인 것은 마찬가지였다.

"수호신에게 있을 수 없는 일이야. 흐흡!"

결국엔 눈물을 참지 못하고 코를 들이마시는 크리커를 향해 나는 나직이 말했다.

"넌 아직 정식 수호신이 아니잖아. 누구나 실수할 수 있어."

내 말에 크리커가 동의할 수 없다는 듯 눈을 힘주어 떴다. 나는 잔뜩 구겨진 크리커의 미간을 검지로 꾹꾹 눌렀다.

"크리커, 넌 아직 십 대야. 나와 같은 나이의 수호신이잖아. 함께 성장하라고, 실수도 하고 그러면서 배우라고 수호신도 보호 대상도 같은 나이인 게 아닐까?"

"……."

눈가에 눈물 방울을 매단 채 크리커는 풀 죽은 모습으로 제 발밑만 보고 있었다. 신이 완벽하다고 누가 말했던가. 내 눈앞의 작은 여자애는 수호신이라는 이름으로 내게 찾아왔지만 적어도 나에게는 또래 친구일 뿐이었다. 누구나 실수를 한다. 그것이 수호신이든 인간이든.

"걱정 마, 최선을 다해서 도울게. 우린 친구니까."

솔직히 잘 모르겠다. 정말 친구라서 크리커를 돕는 것인지, 친구라는 말로 자꾸 부풀고 넘쳐 나는 감정을 억누르려는 것인지.

"크리커!"

다급한 외침에 놀라 뒤를 돌았다. 권승재가 옆구리에 반창고를 붙인 채 크리커에게 다가왔다. 그러더니 다짜고짜 크리커를 끌어안았다. 녀석의 돌발 행동에 크리커는 어리둥절한 상태였다.

"나 괜찮아. 이까짓 상처 아무것도 아냐. 울지 마. 진짜 멀쩡하다니까, 어?"

학교 일대에서 알아 주는 일진인 권승재의 말투라기에는 낯설었다. '깡패한테도 순정은 있다.' 녀석의 장난처럼 읊조리던 말이 떠올라서 웃지 않으려고 애먼 콧등만 긁어 댔다.

"권승재, 이거 놔."

"어어, 그래. 미안."

그제야 당황해서 두 손으로 제 알몸을 가리는 권승재였다. 괜히 헛기침을 하며 귓불까지 붉히는 녀석의 행동에 마음 안에 자리 잡은 굳은 살덩이가 떨어지고 말랑한 속살이 드러나는 듯했다. 크리커의 시선이 또다시 의식을 잃은 남자애의 침상으로 향했다. 권승재의 시선 또한 크리커를 따라 이동했다. 금세 못마땅한 표정이 되더니 투덜댔다.

"사내 새끼가 탈탈 털고 일어나야지, 저게 뭐냐?"

권승재의 말이 도화선이 되어 크리커의 눈에 눈물이 글썽거렸다. 당황한 녀석이 뒷걸음질 치더니 나를 향해 어떻게 좀 해 보라는 시늉을 했다. 나라고 뾰족한 수가 있는 것도 아니었다. 세상의 온갖 신에게 도와 달라고 기도를 해 봤자 신앙심도 없는 내 말을 신이 들어줄 리 만무했다.

"크리커! 아냐, 쟤가 그런 거. 그러니까 저 친구를 한조랑 내가…… 아이 씨! 이한조, 뭐 하냐? 설명 안 하고!"

도대체 권승재 머릿속에 뭐가 들었는지 알다가도 모르겠다. 상상력이 뛰어난 애 같지도 않은데 뭘 생각하는 건지. 크리커가 권승재의 옆구리를 빤히 바라보았다. 다급한 손놀림으로 옆구리 상처를 가리려다 녀석이 비명을 질렀다. 아무래도 환부를 세게 건드린 모양이었다. 신음을 참더니 녀석이 크리커를 향해 약속했다.

"쟤가 그런 건 아닌데 쟤 때문에 다친 거는 맞고……. 아니, 아니! 암튼 쟤랑 나, 이렇게 만든 놈들 반드시 찾아낼게. 걱정 마. 나 권승재, 만만한 놈 아니니까."

권승재가 크리커의 손을 잡아 강제로 새끼손가락을 걸었다. 손가락은 크리커랑 걸면서 나에게 의미심장한 눈길을 보내는 권승재를 외면하지 못하고 선 나는 뭐란 말인가.

— 만나러 갈게.

양해윤이었다. 함께 A시를 다녀오고 나서 처음 받은 연락이었다. 6교시 시작을 알리는 종소리가 울렸다. 창밖으로 시선을 옮겼다. 양해윤은 교문 너머에서 어떤 표정으로 있으려나.

"이한조. 이따 끝나고 얘기 좀 해, 어?"

응급실에 함께 다녀온 이후, 권승재가 끈질기게 달라붙었다. 무슨 바람이 불었는지 남자애를 의식불명으로 만든 양아치들을 반드시 찾아내서 응징하겠다고 선포했다. 솔직히 기가 막혔다. 그놈들이 한 행동이 권승재가 하던 짓이랑 다를 바가 없어 보였는데 말이다.

"너도 봤지? 크리커가 내 옆구리 보고 울음 억지로 참는 거. 나, 내 여자 그런 식으로 우는 거 못 본다."

이런 줄 몰랐는데 권승재는 작가가 되어도 괜찮을 것 같았다. 똑같은 상황을 보고 제멋대로 해석하고 상상하는 능력이 엄청났다.

정정당당 훈련을 시작하고부터 권승재가 지승현을 대하는 태도가 약간 달라졌다. 녀석의 무리도 그런 권승재의 행동에 당황하는 눈치였다. 권승재는 시시때때로 지승현을 불러서 제 심복처럼 부렸다.

"야, 지승현! 너도 끝나고 튀지 말고 따라붙어. 알았어?"

"나, 나?"

지승현의 반문에 권승재가 손가락 욕을 날렸다.

"장난해? 그럼 너 말고 누구? 내가 정정당당하게 시킬 일이 있으니 오라면 와."

권승재 입에서 '정정당당'이란 단어가 나오자 지승현은 물론이고 주위 애들까지 외계인 보듯 권승재를 힐끔거렸다. 나는 양해윤에게 답장을 보냈다.

— 기다릴게.

전송 버튼을 누르고 내 주위를 찬찬히 돌아봤다. 숨을 쉬고 공기를 마셨다. 늘 똑같은 공기일 텐데 어쩐지 횡격막이 더 크게 열리는 기분이었다. 눈에 띄는 변화는 없었지만 분명히 조금씩 주위 공기가 달라지고 있었다. 양해윤이 내게 달려오고, 권승재가 정정당당을 입에 담고, 지승현은 아주 가끔 움찔댈 뿐 더 이상 권승재를 두려워하지 않는 것 같고. 누군가에게 손을 내밀지 않기로 결심했던 내가 처음 보는 남자애를 위해 질색하던 권승재와 함께 주먹을 휘둘렀다.

관심 밖이었던, 깊게 말을 섞고 싶지 않았던 권승재, 지승현과 주말마다 산을 올라 일각암으로 향하고 땀을 흘렸다. 일상의 그저 그런 평범한 움직임인데 이상하게 모든 풍경이 조금씩 변하고 있었다. 그 모든 풍경의 중심에, 귀퉁이에 크리커가 있었다. 아무것도 모른다는 얼굴로 해맑게 웃으면서. 기절했다가 공원 벤치에서 처음 눈 떴을 때 마주한 그 작은 얼굴이 내 주위의 모든 것을 다르게 만들고 있었다.

멀지 않은 곳에서 크리커가 연주 무리와 하이 톤 음색으로 웃으며 장난치고 있었다. 평범한, 딱 고1 여자애의 모습으로 수다를 떨면서 누구에게나 스스럼없이 다가가는 모습에 나는 수호신의 이미지에 대해 다시 곱씹었다. 전지전능한 능력도 없고 함수 문제 앞에서도 쩔쩔매는 크리커. 자신의 능력 부족을 숨기거나 속이려 하지 않고 도와 달라고 당당하게 부탁하는 크리커. 누군가의 어려움을 지나치지 못하는 크리커. 그리고 그 옆에서 물들어 가는 나.

"이한조! 우리가 도와주면 안 될까?"

그럴 때마다 나는 온몸으로 크리커의 목소리를 받아들였던 거다. 크리커의 외침이 내 팔과 다리를 움직였고 마음 안으로 스며들었다.

교실 문이 열리고 국사가 들어왔다. 국사는 늘 그랬듯이 역사 관련 명언으로 수업 시작을 알렸다. 칠판에 한 글자, 한 글자 써 내려가는 손놀림을 주시했다.

'미래에 대한 최선의 예언자는 과거이다.'

미래의 어느 날, 나는 오늘을 어떻게 회상할까? 열어 놓은 창문으로 훈풍이 불어왔다. 초여름이 다가오고 있었다. 교정의 싱그러운 풀 냄새가 코끝에 와 닿았다. 햇살이 교실 안으로 쏟아졌다. 나는 천천히 내 주변을 둘러보았다. 허리를 꼿꼿이 세우고 국사를 주시하는 지승현. 주머니에 손을 넣고 두 눈을 감고 있는 권승재. 국사책을 세워 놓고 손거울을 보는 연주. 그리고 국사의 설명을 공책에 필기하는 크리커.

'도대체 한국사를 배워서 수호신이 어디다가 쓴다고 저렇게 열심히 필기를 하는지……'

아주 나중에 나는 오늘의 이 풍경을 그리워할 것이란 확신이 들었다.

양해윤이 날 발견하더니 교문 앞에서 손을 들었다. 나는 고개를 한 번 끄덕였다. 크리커와 팔짱을 끼고 나오던 연주가 가자미 눈으로 날 노려봤다.

"어머머, 이게 무슨 시츄에이션?"

연주는 날 희대의 바람둥이로 취급하며 수선을 떨었다. 남녀 사이에도 의리가 있는 법이다, 여자를 봐도 별 반응 없는 인간이라 괜찮을 줄 알았는데 아니었냐, 등등의 비방을 서슴없이 했다. 보다 못한 크리커가 나서고 말았다.

"해윤 언니야. 나도 아는 언니."

"야, 크리커! 너 너무 아메리칸 스타일이다. 근데 여긴 대한민국이거든? 남친을 보러 온 여자애가 있는데 반응이 너무 쿨한 거 아냐?"

연주는 제 일처럼 흥분했다. 권승재는 크리커와 나를 커플로 인정하는 대다수의 애들을 무시했다. 녀석은 크리커가 내 어린 시절 소꿉친구 정도라고 제멋대로 규정지었다. 우리 사이를 인정하는 순간 자신의 진심이 우스워진다나 뭐라나 하면서 사랑 앞에서 최선을 다하는 게 자기 인생 신조라며 떠들어 댔다.

나는 양해윤을 향해 걸음을 옮겼다. 양해윤의 표정이 여느 때보다 밝아 보여서 발걸음이 가벼웠다.

"오랜만이지?"

"응, 그러네."

담담한 목소리로 인사를 건넸다. "말도 안 돼! 대놓고 바람피우냐?" 호들갑 떠는 연주를 데리고 크리커가 퇴장을 하겠단다. 난리법석 애들 때문에 양해윤의 웃음보가 터졌다.

"이한조, 어쩌냐? 순식간에 바람둥이 이미지가 돼서. 큭큭."

"뭐래?"

양해윤이 농담하는 것을 처음 봤다. 갑작스러운 양해윤의 장난에 당황한 기색을 감추려고 나는 앞만 보며 빠르게 걸었다. 딱히 기분이 나쁘지 않았다. 등 뒤에서 양해윤이 따라오는 발소리가 들렸다. 탁, 탁, 탁. 걸음이 경쾌하게 들리는 것은 내 기분 탓일까.

편의점으로 들어갔다. 음료 진열대로 가서 이것저것 살펴봤다. 딱히 바로 손에 잡히는 음료가 없었다.

"뭐 마실래?"

어느새 양해윤이 내 곁에 와서 진열대를 함께 살폈다. 앞만 보고 이것저것 살피던 양해윤의 입에서 예상치 못한 말이 나왔다.

"한조야, 고마워."

"응?"

그제야 난 고개를 돌려 양해윤을 바라보았다. 녹차라테를 골라 내 눈앞에 흔들었다. 당연하다는 듯 나도 모르게 녹차라테에 손이 갔다. 녹차라테를 들고 우리는 계산대로 향했다.

"두 개요."

나는 지갑에서 돈을 꺼냈다. 점원에게 값을 지불하려는데 양해윤이 한발 빨랐다. 얼결에 녹차라테를 가슴팍에 안아 들고 편의점 안, 테이블로 가서 자리를 잡았다. 녹차라테는 달고 시원했다.

"나 다시 해 보려고."

"응?"

점점 말귀를 못 알아듣는 내가 한심할 정도였다. 양해윤이 방

굿대는 모습이 낯설어서 정신을 못 차리는 모양이었다.

"나, 창희한테 혼났어. 왜 선발전에서 떨어졌냐고. 창희가 나한 테 대실망이래."

난센스 퀴즈도 아니고 왜 알아들을 수 없는 소리만 하는 것인 지. 단숨에 녹차라테를 쭉 흡입했다. 입 안에 단맛이 쉽사리 가시 지 않았다.

"창희가 응원하겠대. 반드시 자기 몫까지 하래. 엑스텐 다시 쏠 거야. 내년에는 나 국대 된 모습 보겠다, 이한조."

그제야 양해윤과 A 선수, 아니 김창희가 예전의 관계로 돌아왔 다는 것을 알아챘다. 떡볶이를 먹던 오일장터의 분식집이 떠올랐 다. 제대로 된 화해 멘트도 없었고 그저 떡볶이만 묵묵히 먹었던 기억이 났다. 단무지가 유난히 달았던 집이었다. 김창희는 늘 보 던 친구 대하듯 양해윤을 대했지만 양해윤은 속이 편했을 리 없 었다. 그쯤은 눈치챌 수 있었다. 단무지를 집는 양해윤의 젓가락 이 떨렸으니까. 그 바람에 애꿎은 단무지 몇 개가 바닥에 떨어졌 으니까.

"국대 돼서 꼭 올림픽 나가. 올림픽 나가는 친구 하나 있었으면 좋겠다."

나로서는 최선의 응원이었다. 더 했다가는 낯 뜨거워질까 봐 입을 달싹하지 못했다. 다 먹은 녹차라테를 손에 쥐고 빨대를 깨 물었다.

"진짜 고마워, 이한조. 그리고 이거 선물이야."

양해윤이 내게 내민 것은 크리커였다. 양해윤의 손바닥 위에 놓여 있는 크리커. 엄마의 마지막 선물이었던, 내 십 대를 단단하게 지켜 줄 거라는 엄마의 기도가 담긴 크리커. 수호신 크리커의 등장으로 사라져 버린 엄마의 크리커. 그런데 새 크리커가 내게 다가왔다.

"내 화살이 과녁에 제대로 날아가도록 도와준 건 한조, 너야. 잊지 않고 힘낼게."

양해윤이 내 손에 크리커를 쥐여 주었다. 이게 뭐라고, 이 작은 물건이 뭐라고. 입 안은 한없이 달았고 코끝은 두통이 올 정도로 따가웠다. 어쩌다 돌아봤을 뿐인데, 어쩌다 양해윤의 사정을 알았을 뿐인데, 어쩌다 발길이 가 닿았을 뿐인데, 나는 예전의 이한조가 된 기분이었다. 엄마가 내게 크리커를 건네며 "우리 아들, 친구의 어려움도 알고 주변을 돌아볼 줄도 아는 멋진 사람으로 자라 줘. 이건 엄마가 주는 선물"이라며 안아 주었던 그때로 되돌아간 것 같았다.

나는 손 위의 크리커를 가만히 들여다보았다. 작고 단단한, 차갑지만 뜨거운 심장을 다시 불러오는 이 작은 물건을 꼭 쥐었다.

대로변 '국가대표 피자'에서 권승재와 지승현을 만나기로 했다. 나름 아이들 사이에서 가격 대비 최상의 품질로 소문난 맛집이었다. 피자집 주인은 국가대표와는 거리가 멀어 보이는 신체 조건을 가진 오십 대 아저씨였는데, 소문에 따르면 국가대표 펜싱 선수였다고 한다. 아무리 봐도 펜싱 선수를 연상하기 힘든데 굳이 연결 짓는다면 피자 자르는 손놀림이 빠르다는 것 정도였다.

"한조야, 여기."

지승현이 날 향해 손을 흔들었다. 구석 자리에 권승재와 늘 함께 붙어 다니는 박세호가 앉아 있었다. 권승재 무리라고 일컫는 아이 중에 한결같이 바뀌지 않는 애가 박세호였다. 보통 일진이라고 하면 옆에 오른팔, 왼팔을 두던데 녀석은 박세호뿐이었다. 미리 주문을 했는지 테이블 위에는 불고기피자 패밀리 사이즈와 크림스파게티, 미트볼스파게티와 치즈볼, 버펄로윙까지 한 상 푸짐했다.

"승현이, 너 삥 뜯겼냐?"

나는 테이블 위 음식들을 고갯짓으로 가리켰다. 내 질문에 권승재가 피식거렸다. 대신 박세호가 내가 앉으려는 의자를 발로 차며 말했다.

"이 새끼가 지금 장난하나?"

박세호의 거친 반응에 지승현이 움찔거렸다. 나는 밀려 나간 의자를 끌어와 자리에 앉았다. 치즈볼이 눈앞에 있었다. 권승재가 치즈볼 접시를 내 앞으로 바싹 밀더니 이를 드러내고 웃었다.

"많이 먹어, 한조야. 오늘 내가 다 쏘는 거야. 생각보다 나, 나쁜 놈 아냐. 삥은 양아치가 뜯지.”

“그럼 넌 깡패구나.”

박세호가 열받은 표정을 지었지만 곧 권승재의 저지로 인상만 구겼다.

“그냥 깡패 말고 돈 많은 깡패라고 해 줘. 우리 집 부자야. 내가 못된 친구들 손 좀 봐 줘도 될 만큼.”

눈앞의 못된 친구가 나도 모르는 못된 친구를 손봐 준다니까 이건 또 무슨 신종 헛소리인가 싶었다. 권승재가 자기 휴대폰을 내게 내밀었다. 멀뚱히 권승재 얼굴만 쳐다보자 박세호가 휴대폰을 내 손에 쥐여 주었다.

“이게 뭐야?”

“지승현 작품이지.”

권승재의 말에 지승현이 약간 흥분한 목소리로 설명하기 시작했다. 휴대폰 화면에 누군가의 인스타그램이 떠 있었다. 나는 계정 속 사진을 찬찬히 살펴보았다. 또렷하지는 않지만 어디서 본 듯한 얼굴이었다.

“혹시……..”

권승재가 불고기피자 한 조각을 크게 베어 물었다. 음미하듯 천천히 씹어 먹는 모양새가 이상하게도 등골을 서늘하게 만들었다.

“내 옆구리에 손장난 친 놈.”

“그런데 어쩌려고?”

내 질문에 박세호가 크게 비웃었다.

"야, 이한조. 너도 얻어터졌다며? 사내놈이 쥐어 터지고 얌전히 앉아 있냐?"

나는 박세호의 비아냥에 아랑곳하지 않았다. 오로지 권승재의 눈만 주시했다. 까만 눈동자에 불길이 서서히 일어나는 것을 보았다고 하면 과장이 심한 것일까.

"한조야, 받은 대로 갚아 줘야지. 어?"

권승재가 날 향해 이를 드러내며 활짝 웃었다. 녀석은 굶주린 맹수의 눈빛을 하고 있었다.

플랜 B

✦
⋮

    하늘이 원망스럽다는 표현은 들어 봤어도 빵집과 화장품 가게가 원망스럽다는 생각을 가슴에 품게 될 줄은 몰랐다. 폭행을 당하는 남자애를 돕자고 먼저 나선 것은 나였는데, 가해자들을 잡자고 누구보다 적극적으로 부지런히 발품 파는 사람이 개싸움 안 한다며 발뺌하려던 권승재라는 게 참 아이러니다.

    무고한 학생이 폭력을 당해서 증거를 구한다는 우리의 도움 요청에 가게 주인들은 난색을 표했다. 어릴 적, 동화책을 보면 사람들은 늘 정의를 위해 싸우고 서로 도와주는 것이 당연했는데 현실의 지금 이 반응은 뭐지? 싶을 정도로 낯설었다. 물론 나름의 사정은 이해하려고 노력했다. 손님이 많은 시간에 찾아간 우리의 실수도 있었고, 딱히 좋은 일도 아닌데 귀찮게 굴어서 짜증이 날 수도 있었다. 하지만 십 대 학생이 다쳤는데 좀 도와줄 수 있는 거 아닌가.

이 근처 가게들이 몽땅 거절해도 빵집이랑 화장품 가게의 CCTV만은 반드시 확보해야만 했다. 다리가 아파서 보도블록 바닥에 털썩 주저앉았다. 권승재가 편의점에서 박카스를 사 오더니 내게 내밀었다. 뭘 했다고 피로회복제를 사 온 것인지 알다가도 모를 애다. 권승재는 박카스를 쭉 들이켜더니 내게 의미심장한 말을 했다.

"이대로는 안 되겠다. 플랜 B로 가자, 어?"

"뭐, 플랜 B?"

플랜 A를 가르쳐 준 적도 없으면서 다짜고짜 플랜 B로 가자고 하면 내가 바로 알아듣고 '오케이!'라고 할 줄 알았나? 바닥에 앉아 미적거리는데 권승재가 내 팔을 잡아 강제로 일으켜 세웠다. 단박에 몸이 확 딸려 갔다. 압도적인 힘에 하마터면 권승재 품에 안기는 꼴사나운 장면을 연출할 뻔했다.

"뭘 어쩌려고?"

"일단 따라와."

주위를 두리번거리더니 근처 은행으로 갔다. 현금인출기에서 체크카드 읽히는 소리가 경쾌하게 들렸다. 돈을 찾는 동안 콧노래를 부르며 어깨를 들썩이는 권승재의 뒷모습을 보니 나는 왠지 모를 섬뜩함과 께름칙한 느낌이 들었다.

"짜잔! 가자, 이한조."

돈을 부채처럼 펼쳐 들고 흔들더니 갑자기 부채춤을 추지를 않나, 내가 봤던 권승재의 모습이라고 상상조차 할 수 없는 광경이었다. 플랜 B의 내용을 모른 채 나는 권승재 뒤만 졸졸 따라갔다. 권승재 똘마니라도 된 기분이었다. 뭐지? 싶으면서도 녀석의 뒤를 따를 수밖에 없는 상황에 헛웃음이 나려고 했다.

앞장서서 위풍당당하게 걷던 녀석이 갑자기 걸음을 멈추고 몸을 돌려 나를 봤다.

"우리 아버지가 말씀하셨지. 안 된다고 포기 말고 최선을 다해 봐라. 돈으로 해 보고도 안 되면 그때 포기해라."

뭐, 저런 이상한 소리를 아들에게 하다니. 정말 예측 불가능한 집안이다.

'조폭인가? 중학교 때 조폭 후계자란 소문이 돌았다던데.'

섣불리 남의 집안에 대해 이러쿵저러쿵 평가해서는 안 되겠지만 세상 어느 아버지가 자식에게 저런 소리를 조언이라고 한단 말인가. 결국 돈이면 최고라는 것 아닌가. 물론 살면서 돈이 중요하다고 생각한다. 하지만 나는 돈이 절대적이라고 믿지는 않는다. 그나저나 플랜 B의 베일은 언제 벗길 것인지.

"플랜 B가 뭔지 나한테 말 안 했다, 너."

그제야 권승재가 정신을 차리더니 내 곁으로 와서 속삭였다.

"저들이 증거를 안 주겠다면 내가 직접 사야지."

"그게 무슨 소리야?"

"자유시장경제의 원리! 나만 믿고 따라와."

우리는 먼저 빵집을 공략했다. 분명히 전에 보현 스님에겐 근육 키운다며 탄수화물은 입에 대지 않는다던 녀석이 온갖 빵을 쓸어 담다시피 했다. 사람에게는 정도라는 게 있다. 그런데 녀석은 당장 빵 가게를 차릴 기세로 어떤 빵인지 보지도 않고 손에 잡히는 대로 바구니에 담았다. 보다 못한 내가 권승재의 손목을 붙잡았다.

"이거 누가 다 먹을 건데?"

내 손을 뿌리친 녀석이 크리커가 좋아하는 마카롱 하나를 집어 들었다.

"누가 먹어도 먹어. 지금 그게 중요하냐?"

엄청난 양의 빵을 쓸어 담은 권승재가 계산대로 향했다. 『헨젤과 그레텔』에 나온 것처럼 빵 조각이 아닌 온전한 빵을 지나가는 길에 떨어뜨리면서. 떨어진 빵을 주우며 나는 권승재를 다시 보게 되었다. 현금을 꺼내 계산하면서 녀석은 빵집 주인과 짧지만 한 방 있는 대화를 나누고 있었다.

"아시죠? 저희 같은 십 대들한테 이 빵이 그냥 빵이 아닌 거. 빵은 영혼을 살찌우는 연료예요, 연료."

마지막에 선택한 '연료'라는 단어가 살짝 어긋난 느낌이 들었지만 중요한 것은 빵집 주인이 세상을 다 얻은 것과 같은 표정을 지었다는 점이다. 내 양손에, 권승재의 양손에 빵으로 가득 찬 푸짐한 꾸러미를 들고 우리는 플랜 B의 다음 목적지로 걸음을 옮겼다.

화장품 가게로 들어서자 점원이 반기는 건지 뭔지 모를 모호한 얼굴로 우리를 맞이했다.

"향기로운 오늘을 선사합니다. 어서 오세요, 틴틴뷰티입니다."

모호한 표정과는 반대로 목소리만은 친절했다. 점원은 우리의 양손에 가득한 빵 꾸러미를 보고 살짝 놀란 눈치였다. 권승재가 얼른 슈크림빵 하나를 건네며 싱긋 웃으며 말을 건넸다.

"여기, 향기로운 슈크림빵 하나 드시죠. 저, 혹시 사장님은?"

이상하게 나는 권승재가 점점 낯설고 무서워졌다.

602호 병실 앞에 섰다. 호실을 알리는 판 아래 적힌 이름을 눈으로 훑었다. 박문석, 이준구, 김윤기.

병원에 다시 오게 된 것은 어디까지나 크리커 때문이었다.

"엄마는…… 한조, 너 때문이 아니야. 아닌 척해도 늘 친구를 돕는 네 모습을 엄마는 엄청 자랑스러워하셨을걸?"

그 다정한 말이 아니었다면 쓰러진 아이, 나와는 아무 상관도 없는 김윤기가 어떤지 다시 돌아볼 생각 같은 건 하지도 않았을 것이다.

"내가 노크할까?"

"응."

크리커는 내게 있어서 더 이상 예비 수호신이 아니었다. 그 세계에서 말하는 수호신의 정의가 어떤 것인지 모르지만 내가 보기에 크리커는 특별한 힘을 가지고 있었다.

엄마의 죽음 이후 곁에 누군가를 두는 것도, 주변을 돌아보고 손을 내미는 것도, 누군가를 마음에 담는 것도 잊고 살았다. 예전의 나를 버렸다. 그러나 크리커와 함께 하면서 나는 엄마가 흐뭇해했던 옛날의 나로 돌아가고 싶은 마음이 굴뚝같아졌다.

"한조, 넌 도움이 필요한 사람을 외면하는 애가 아니잖아. 네 옆에 있는 사람들이 행복해야 너도 행복하잖아. 넌 그런 애잖아."

크리커의 이 한마디가 내 심장을 자꾸 울렸다.

노크를 하려고 손을 뻗는데 문이 벌컥 열렸다. 아주머니 한 분이 나왔다. 자동적으로 나는 머리를 숙여 인사했다. 크리커 역시 나를 따라 고개를 숙였다. 4인실이라 누가 누구인지 모르지만 일단 인사를 하는 것이 좋을 것 같았다.

"누구?"

"아, 여기에 제…… 그러니까, 응급실에 있던 친구인데…….”

응급실에 데려왔을 뿐이지 이름조차 제대로 확인하지 못한 불찰이 컸다. 이러지도 못하고 저러지도 못한 채 어떻게 설명을 해야 하나 고민하는데 아주머니가 내 손을 덥석 잡았다. 화들짝 놀라 고개를 들어 보니 아주머니의 눈가에 눈물이 어른거려 또 한 번 놀랐다.

"고마워요, 정말 고마워. 우리 윤기 아프다고 이렇게 찾아와 줘서."

김윤기. 권승재와 내가 업고 온 남자애의 이름이었다.

"아, 아닙니다."

크리커가 슬쩍 내 등을 밀었다. 나는 그제야 정신을 차리고 크리커를 아주머니에게 소개했다.

"윤기가 어떤지 보고 싶어서 왔습니다. 저, 괜찮을까요?"

아주머니의 얼굴에 수심이 내려앉았다. 잠깐 고민하는 듯하더니 아주머니가 허락의 뜻으로 고개를 끄덕였다. 병실 안에는 잠든 김윤기뿐이었다. 깊은 잠에 빠져 헤어 나오지 못하는 동화 속의 인물처럼 김윤기는 눈뜰 기미조차 보이지 않았다. 그 모습을 보고 있자니 옛 기억이 떠올랐다.

늘 출장으로 바쁜 아빠가 내게 처음으로 읽어 준 동화책. 잠자리 들기 전에 침대에 나란히 누워 펼쳤던 동화책은 하필이면 『잠자는 숲속의 공주』였다.

"뭐가 좋을까?"

아빠가 물었을 때 나는 손가락으로 책장을 가리켰다. 『피터 팬』이었다. 그러나 아빠는 그 옆에 『잠자는 숲속의 공주』를 꺼내 들었다. 아빠에게 그 책이 아니라고 얼마든지 이의를 제기할 수 있었지만 나는 그러지 않았다. 함께 이부자리에 누워 아빠가 날 위해 뭔가를 해 주려는 그 모습이 좋았으니까.

동화책을 읽어 주던 아빠의 낮고 잔잔한 음색과 내 눈을 사로잡았던 잠자는 숲속의 공주, 오로라의 모습이 심장에 각인되었다는 사실만은 잊지 못했다.

"많이 다쳤나요?"

크리커의 물음에 아주머니가 애써 마음을 추스르는 표정을 지었다. 입가에 미소를 지으려고 안간힘을 쓰는 모습이 애처로워 보였다.

"다른 것보다도 의사 선생님 말씀으론 실어증이라는데…… 우리 윤기가 당장에라도 엄마, 하고 날 부를 것만 같거든."

크리커가 아주머니의 손을 잡았다. 아주머니 역시 처음 보는 크리커의 손을 꼭 맞잡았다. 서로의 온기를 나누는 행위에 내 마음이 한없이 내려앉는 것 같았다. 크리커의 등 뒤에 순백색의 날개가 달린 것 같은 착각에 빠졌다. 김윤기가 실어증이라는 사실이 믿기지 않았다. 좁은 건물 틈에서 맞고 있던 그 애의 애원하던 목소리가 귓가에 아직도 울렸다.

"한 번만 봐줘. 그런 거 아니야. 제발, 제발!"

그렇게 또렷하고 절박한 목소리를 내던 애가 실어증이라니. 더군다나 잠든 모습만은 평화로울 줄 알았는데 그런 모습은 동화책 속에서나 가능한 것인가 보다. 김윤기가 잠든 모습을 묘사하자면 그냥, 무채색이었다. 그 어떤 감정도 읽어 낼 수조차 없는 얼굴이었다. 다행히 입가와 눈가의 상처는 아물고 있었다.

크리커가 잠든 김윤기에게 다가섰다.

"고작 예비 수호신인 내가 세상의 모든 십 대를 돕고 싶다는 생각을 하는 건 아무래도 무리일까?"

내 귓가에만 겨우 들릴 만한 목소리로 크리커가 중얼거렸다. 수액이 연결된 손등의 핏줄이 유난히 파랬다. 크리커는 김윤기의 손등을 눈길로 쓸어내렸다. 똑, 똑, 똑. 한 방울씩 천천히 수액이 김윤기의 몸으로 흘러들었다.

나는 아주머니에게 물었다. 조심스러운 질문이었다. 잘 알지도 못하면서 섣불리 나서는 것일 수도 있었기 때문이다.

"혹시 윤기가 이렇게 된 거, 무슨 일 때문인지 아세요?"

아주머니가 고개를 가로저었다.

"얘가 친구랑 다투고 그럴 성격이 못 되는데 크게 싸웠다고 하더라고. 그리고 싸운 친구도 다쳤다고⋯⋯."

"다쳤다고요?"

비명에 가까운 새된 소리가 내 입에서 나왔다. 김윤기를 그토록 잔인하게 때렸던 녀석들이 다쳤다니. 이건 또 무슨 신종 사기란 말인가.

"윤기랑 싸운 애 쪽에서 학폭위를 열 거라고 연락이 왔는데 흐음, 우리 윤기가 저렇게 말도 못 하고 누워 있으니⋯⋯."

짙은 한숨과 함께 아주머니의 눈시울이 붉어졌다. 뭔가 일이 잘못된 것이 분명했다. 내 경험상 피해자가 가해자로 변하는 건 얼마든지 가능했다.

바지 주머니에서 진동이 울렸다. 휴대폰을 보니 권승재였다. 나는 크리커에게 곧 돌아온다고 말하고 병실 밖으로 나갔다.

"왜?"

퉁명스러운 대구에도 권승재는 신경조차 쓰지 않는 모양이었다. 흥분한 목소리로 녀석이 일각암에서 만나자고 다짜고짜 제멋대로 약속을 정했다. 대박을 건졌다고 만나면 자기를 형님으로 부르라는 둥 헛소리를 계속해 댔다. 복도 창가에 기대서서 녀석의 목소리를 듣고 있는데 김윤기가 있는 병실 쪽으로 내 또래 두어 명이 들어가는 것이 보였다.

"이한조, 크리커랑 같이 있어?"

"그래."

"크리커한테 내가 얼마나 한 방이 있는 사람인지 보여 준다고 꼭 전해라, 어?"

나는 대답하지 않고 전화를 끊었다. 크리커가 병실에서 나왔기 때문이다. 나는 병실 쪽을 바라보며 크리커에게 물었다.

"누구야, 쟤들은?"

"잘 모르겠는데 친구래."

크리커가 내 손을 잡아끌었다. 우리는 작은 유리창으로 병실 문 안을 엿보았다. 김윤기는 여전히 잠들어 있었고 아주머니의 모습은 한결 더 수척해진 듯했다. 김윤기의 친구라는 애들은 병상 주위를 둘러싸고 있었다.

"가자, 크리커."

나는 마음속으로 김윤기가 하루빨리 자리 털고 일어나기를 빌었다. 더 이상 잠들어 있지 않기를 기도했다. 눈 뜨기 싫은 현실이라도 일어나서 맞서 보라고 누군가 한 명쯤은 함께할 것이라고 말이다.

병원 로비를 지나 밖으로 나왔다. 일각암으로 돌아가기 위해 버스 정류장으로 향했다. 그림자를 등진 오후, 나는 크리커의 퍼즐을 똑똑히 보았다. 내 그림자 곁에 놓인 그것은 온전한 형태의 그림자였다.

"이게 다 뭐야?"

보현 스님의 거처 뒤에 있는 평상에 온갖 종류의 빵이 쏟아졌다. 그야말로 평상 위에 엉덩이 붙이고 앉을 틈이 없을 지경이었다. 크리커의 눈이 휘둥그레졌다. 권승재가 크리커의 손에서 소보로빵을 뺏더니 마카롱을 건넸다.

"마카롱 좋아한다며?"

솔트캐러멜 맛 마카롱은 크리커가 이 세상에서 가장 좋아하는 간식이었다. 녀석은 지승현에게 눈짓을 하더니 쇼핑백 하나를 건네받았다.

"틴틴뷰티?"

"하하, 내가 네 취향을 잘 몰라서 일단은 이것저것 골라 봤어."

쇼핑백 안에서 뭐가 나올지 뻔했다. 내가 그 틴틴뷰티에서 낯 뜨거워 혼났으니까. 김윤기가 집단 폭행을 당하는 장면이 찍힌

CCTV 영상을 얻겠다고 플랜 B니, 뭐니 할 때 알아봤어야 했다. 녀석은 틴틴뷰티에서 또래 여학생들에게 인기 있는 제품의 설명을 듣느라 반쯤 넋이 나가 있었다. 심지어 여학생들에게 폭발적인 인기를 끌고 있다는 신상 틴트를 고를 때의 표정을 우리 학교 애들이 목격했다면 더 이상 녀석에게 일진이니, 무서운 놈이니 하면서 두려워할 필요가 1도 없다는 사실을 알 수 있었을 것이다. 시험 삼아 제 입술에 틴트를 바르고 오물거리며 거울을 보는 권승재의 모습을 몰래 촬영할까 살짝 고민도 했다.

"어때, 색깔 예쁘냐?"

내가 권승재에게 이런 질문을 받았다고 학교에서 말하면 전교생 중 몇 퍼센트나 이 말을 믿어 줄까? 내가 보기엔 그게 그 색깔인데 직원은 코럴핑크니 하와이안피치니 하면서 색깔의 미묘한 차이점을 녀석에게 설명하느라 바빴다. 진짜로 알아듣고 이해를 하는 것인지, 그냥 창피해서 대강 알아듣는 척을 하는 것인지, 권승재는 연신 진지한 표정으로 "아, 네" "와!" 따위의 감탄사를 내뱉었다.

그 결과물이 지금 크리커 앞에 있는 것이다. 코럴핑크, 하와이안피치, 섹시레드, 큐티핑크, 강남오렌지……. 내 눈에는 그저 아주 빨갛거나 적당히 붉거나 분홍이거나 주황이거나 하는 색깔들이 이름만 다르게 달고 나와 크리커를 현혹시키고 있었다.

"크리커, 다 네 거야. 선, 선물이야."

"아, 고마워. 예쁘다. 그런데 이렇게나 많이?"

"그럼! 하하하, 이걸 내가 다 바르고 다닐 순 없잖아?"

맞는 말이었다. 권승재가 색조 화장을 하고 학교에 나타났다가는 무슨 일이 벌어질 것인가? 뭔가 스펙타클한 음모를 꾸미는 것으로 오해를 받아 아이들을 더 공포로 몰아넣을지도 모른다.

"근데 나한테 이걸 왜 다 줘?"

크리커의 갑작스러운 질문에 권승재의 귀밑이 붉게 물들었다.

'오호, 얘도 부끄러워할 줄 아네?'

녀석의 반응에 지승현과 내 눈이 마주쳤다. 우리는 괜히 헛기침하며 웃음을 참았다.

"그, 그거야 우리는 친구…… 니까?"

친구잖아, 도 아니고 친구니까? 하는 의문형 대답에 웃음이 빵 터지고 말았다. 권승재의 새로운 면모를 발견했다. 지승현과 내가 웃자 녀석이 금세 사나운 싸움꾼의 모습으로 돌아왔다. 하지만 약발이 먹히지 않았다. 크리커가 틴트 하나를 개봉해서 입술에 발라 보았기 때문이다.

"고마워, 권승재. 잘 쓸게."

나는 옆에 굴러다니는 피자빵을 뜯어 한 입 물었다. 나폴리 항구가 떠오르는 이국적인 맛이라고 하면 완전 사기꾼이고 그냥 토마토소스 맛이 강했다.

"그나저나 왜 모이라고 한 거야? 뭔가 구했어?"

플랜 B를 실행하면서도 증거 영상을 구하지 못한 우리였다. 그런데 이렇게 신나는 모습으로 호출한 것 보면 뭔가 성과가 있는 게 확실했다. 권승재가 어깨를 으쓱거리며 거드름을 피웠다.

"내 업적은 천천히 설명하도록 하고, 크리커랑 넌 어때? 병원 갔잖아."

갑자기 크리커가 생각났다는 듯 입을 열었다.

"한 가지 이상한 게 있었어."

"뭔데?"

지승현이 크리커를 재촉했다. 그리고 권승재의 눈치를 보더니 크리커의 등 뒤를 살폈다. 나는 지승현에게 그만하라는 눈짓을 보냈다.

"한조가 병실에서 나갔을 때 김윤기 친구들이 왔는데 좀 이상했어."

"나한테 그런 말 안 했잖아!"

나도 모르는 일이었다. 내가 버럭 소리를 지르자, 권승재가 "나한테 말하고 싶었나 보지. 계속해"라고 가볍게 장난을 치며 크리커를 독려했다.

"엄청 예의 바르게 아주머니한테 인사하는데 그게, 분위기가 좀 아닌 것 같았어. 그리고 잠든 줄 알았던 김윤기가 아무래도 깨어 있던 것 같았어."

틀림없이 김윤기는 깊이 잠들어 있었다. 『잠자는 숲속의 공주』

를 떠올리게 할 만큼 깊게.

"걔들 어떻게 생겼는지 기억나? 아니다, 이한조 네가 설명해."

"아이 씨. 네가 전화하는 바람에 병실 밖으로 나갔다니까."

내 말에 권승재가 화를 벌컥 냈다.

"야! 그냥 받지, 전화를 왜 나가서 받고 난리야?"

"다친 아들이 잠들어 있어. 그런데 그 어머니 앞에서 전화질해야겠냐?"

우리 둘의 신경전에 지승현이 그만하라고 말렸지만 소용이 없었다. 오히려 지승현은 권승재가 던진 크림빵에 정통으로 맞았다.

"그만하고 이거 봐."

크리커가 조용히 휴대폰을 내밀었다.

"뭐야?"

권승재가 내 손에 들린 크리커의 휴대폰을 낚아챘다. 갑자기 녀석의 눈이 왕방울만 해졌다. 까만 눈동자에 불꽃이 일었다고 하면 과장일까.

"혹시나 해서 몰래 찍긴 했는데……. 내가 너희랑 싸운 애들 얼굴을 모르니까. 몰카는 안 되지만 그래도, 그래도 께름칙해서 말이야. 혹시 모르니까."

도둑 촬영을 했다는 죄책감 때문인지 크리커가 계속 횡설수설하는 사이 권승재의 입가가 부드럽게 곡선을 그리기 시작했다. 저렇게 온화한 표정이니까 더욱 섬뜩했다.

지승현까지 가방에서 아이패드를 꺼내더니 우리 앞에 내밀었다. 누군가의 인스타그램 계정이었다.

"크리커가 찍은 사진 속 애랑 같은 인물인 것 같아. 권승재, 네가 부탁한 그 애랑 일치해. 얘가 생각보다 떠버리야. 이것만 봐도 어디 어디 가는지 동선 추적이 가능하거든."

나는 지승현을 다시 봤다. 소리 없이 움직인다, 지승현. 그것도 빠르고 정확하게!

"오오, 지승현! 너, 쫌 한다."

권승재가 지승현을 향해 엄지손가락을 들어 보였다. 가해자와 피해자의 화합이 이렇게 성사되는 건가? 내 시선의 끝자락에 닿은 또 다른 시선, 크리커였다. 권승재와 지승현을 바라보는 눈매가 그 어느 때보다 완만한 곡선을 그리고 있었다. 모든 것을 다 알고 있다는 듯, 모든 것을 다 품을 듯 타인을 바라보는 선량한 눈빛에 나는 내 몸속에 빛이 들어차는 기분이 들었다. 심장이 빠르게 뛰고 피가 뜨겁게 몸 구석구석에 흐르고 들이쉬고 내쉬는 숨이 여느 때보다 힘찼다.

권승재가 나에게 아이패드를 건넸다. 나는 화면 속 사진을 살폈다. 병실에서 김윤기를 찾아온 남자애를 확인하지 못한 탓에 화면 속 인물을 확대해서 찬찬히 그날의 기억을 떠올렸다. 많은 사진 중에서 낯익은 얼굴 하나를 찾았다. 내가 김윤기에게서 떼어 냈던 놈이었다.

내가 어깨를 들썩이자 권승재가 기다렸다는 듯이 신나게 외쳤다. 주먹을 허공에 내지르기까지 했다.

"이 새끼들이야. 복수가 뭔지 아주 제대로 보여 주지!"

그러나 복수가 뭔지 보여 주기도 전에 권승재의 어깨 위로 죽비가 떨어졌다. 권승재가 미처 비명을 지르기도 전에 나에게도, 심지어 지승현에게도 날벼락 같은 보현 스님의 죽비가 등짝과 어깨에 쏟아졌다. 요란한 소리와 함께 스님이 진중한 모습으로 합장을 했다.

"나무아미타불 관세음보살."

소리 나게 얻어맞은 우리는 어리둥절했다. 갑자기 왜 저러시지? 의문을 갖는데 권승재가 한발 빠르게 질문했다.

"스님, 뿌린 대로 거두는 법이라면서요?"

"어허, 이놈이 그래도!"

그제야 보현 스님이 우리 말을 다 엿들었다는 걸 깨달았다. 나도 질 수 없었다.

"스님, 들어보세요. 이렇게 무조건 말릴 일이 아니라고요! 한 십 대 중생이 억울한 일을 당하게 생겼다니까요."

딱! 다시 한번 보현 스님의 죽비가 나에게 날아들었다. 그러나 나는 물러서지 않았다. 가슴은 움츠러들지 않았고 목소리는 그 어느 때보다 확신에 차 있었다.

"내 일이 아니라고 더 이상 물러서지 않아요. 내 눈앞에서 한 아이가 쓰러졌다고요!"

보현 스님이 흥, 하면서 콧방귀를 꼈다.

"네가 아는 아이냐? 네 친구냐고. 한조, 넌 친구고 뭐고 필요 없다는 놈 아니냐?"

권승재와 지승현이 나를 빤히 지켜보고 있었다. 특히 권승재는 주먹을 불끈 쥐어 보이기까지 했다.

"계획이 있어요, 우리한테는."

'우리'라는 단어에 힘주어 말했다. 보현 스님의 송충이 같은 눈썹이 꿈틀거렸다. 그리고 스님이 입을 열었다.

"누구나 그럴싸한 계획을 가지고 있다. 처맞기 전까지는."

저토록 경박한 단어를 일삼는 사람이 일각암을 책임지는 스님이라니!

"마이크 타이슨."

지승현의 입에서 흘러나온 말에 우리 모두 적잖이 놀랐다. 누가 봐도 지승현은 마이크 타이슨 과가 아니었으니까. 그래도 날 외롭게 두지 않고 거드는 아이들로 인해 가슴 안에서 뭔가 뜨거운 에너지가 머리를 드는 것만 같았다.

"스님, 그 처맞는 사람이 저랑 한조는 절대 아닐 겁니다."

권승재였다. 녀석이 웃는 낯으로 보현 스님을 향해 합장했다. 그 모습을 신호로 나도 지승현도, 스님에게 합장했다. 우리에게 차례대로 죽비가 내렸다.

밀크캐러멜

✦
⋮

산사의 밤은 고즈넉했다. 얼마 되지 않는 거리의 산길을 내려가면 네온사인이 화려한 도시의 밤거리가 펼쳐진다는 사실이 믿기지 않을 정도로 일각암은 조용하고 평화로웠다. 정정당당 훈련이고 뭐고 빵만 배 터지게 먹으며 시간을 보냈다.

보현 스님은 어쩐 일인지 우리 얼굴만 멀뚱히 보다가 "맞고 다니지 마"라는 귀에 익은 소리를 했다. 그러더니 버터크림을 입가에 묻힌 채 "집에 가기 전에 반성하고 가"라고 시큰둥한 한마디를 남기고 자리를 털고 일어섰다. 스님은 내 죄를 은근슬쩍 눈감아주기에 양심의 가책을 느꼈나 보다.

"너도 남아, 권승재."

"내가 왜?"

뻔뻔하게도 짝다리를 짚고 서서 녀석이 빈정거렸다. 처마 밑

풍경이 밤바람에 맑은 소리를 냈다.

"그 자식들 가만둘 거야?"

"이한조, 너 미쳤냐?"

"복수한다며? 제대로 해야지. 그러려면 살생할 수도 있으니 미리 죄를 빌자고."

내 말에 권승재의 이가 달밤에 훤히 드러났다. 웃고 있는 모습이 괴기스럽기보다 정겨워 보여 큰일이구나 싶었다.

"한조, 너 불교 신자였어?"

"아니, 그냥 세상의 모든 신을 다 믿어. 권승재, 넌?"

녀석이 엄지로 스스로를 가리켰다. 그러고는 주먹으로 심장 근처를 두드렸다.

"난, 나를 믿지."

우리는 무릎걸음으로 대웅전 불상 앞으로 나아갔다. 공손히 합장을 하고 절을 올렸다.

권승재가 무엇을 빌었는지 나는 알지 못했다. 그러나 나와 한마음이 아니었을까. 김윤기를 그렇게 만든 녀석들에게 죗값을 정당히 치르게 할 것이고, 그 과정에서 생기는 다소 폭력적인 일들에 대해서는 내 스스로 죗값을 치르겠으니 노여워 말고 김윤기가 꼭 자리를 털고 일어날 수 있게 해 주세요, 그것이 깊은 밤 나와 권승재가 머리를 조아리고 몸을 낮춰 절을 올리는 이유였다. 믿음도 없는 우리가 오로지 믿는 것은 나 자신과 가혹한 폭력 앞에 쓰러진 김윤기를 망가지게 놔둘 순 없다는 신념뿐이었다. 산사의 공기가 참으로 맑은 밤이었다.

최근 들어 지승현을 자꾸만 다시 보게 되었다.

"권승재, 이한조! 실패야. 녀석이 꿈쩍도 안 해."

급식실에 들어서던 아이들이 대놓고 보지는 않았지만 힐끔거리며 우리 테이블을 엿봤다. 하긴 누가 봐도 조합이 영 이상하긴 할 것이다. 학교 일진 권승재, 권승재가 괴롭히던 왕따 지승현, 친구 따윈 없다며 외톨이를 자청하던 나 그리고 크리커. 넷이 머리를 맞대고 허구한 날 속살거렸으니 딴 애들이 봤을 땐 '저것들이 미쳤나?' 했을 거다.

어제 우리는 김윤기를 그렇게 만든 녀석에게 경고했다. 직접 만나서 한 것은 아니고 인스타그램으로 메세지를 보냈다.

"그놈이 읽은 건 확실하지?"

지승현이 입을 꾹 다물고 고개를 세차게 끄덕였다. 잠자코 카레를 떠먹던 크리커가 입을 열었다.

"확인했는데도 무시했다는 거네. 학폭위에서 김윤기가 먼저 시비를 걸고 잘못한 거라 했다고?"

지승현이 휴대폰으로 캡처한 사진 하나를 보여 줬다. 김윤기를 폭행한 녀석들이 병실에서 찍은 사진이었다. 잠든 김윤기를 배경으로 브이를 그리며 포즈를 취한 모습이었다. 사진을 올린 날짜가 학폭위가 있던 날이었다. 사진 아래 적힌 글이 가관이었다.

'어쩌냐? 우리는 아무렇지 않은데.'

"와, 이 새끼들! 지옥에 보내 줘야겠네. 나도 안 가 본 지옥, 먼저 보내 준다!"

권승재가 자리를 박차고 일어났다. 그 바람에 숟가락이 요란한 소리를 내며 바닥에 떨어졌다. 근처에 있던 아이들이 흠칫 놀라 뒷걸음쳤다. 내가 봐도 권승재는 양아치들을 한 트럭 정도는 지옥으로 보내고도 남을 기세를 내뿜고 있었다.

크리커가 권승재의 팔을 잡아끌었다. 화들짝 놀란 권승재가 후다닥 자리에 앉았다.

"어, 왜? 지금 가지 마?"

"지옥에 보내 준다며? 때리면 그냥 아프고 말잖아. 지옥은 계속 아프고 고통스러운 곳 아니야?"

과연 크리커였다. 역시 신이라서 지옥에 대한 생각도 깊이가 있는가 보다. 지승현이 우리에게 의견을 제시했다.

"〈SBC 어떻게 이런 일이!〉에 제보하자. 승재가 증거도 다 갖고 있으니까 방송국에서 우리 사연 채택해 줄 거야."

진짜 지옥은 이런 것일 수도 있겠다 싶었다. 전국구로 얼굴 팔리고 인성 팔리고 '내가 쓰레기입니다' 광고하는 일. 나는 지승현에게 부탁했다.

"그놈들 파티 사진도 캡처 떠 놔. 나중에 삭제해도 빼도 박도 못하게."

말이 끝나기가 무섭게 권승재가 내 어깨에 팔을 둘렀다.

"역시 이한조. 넌 저승사자야, 어?"

나는 권승재의 기대에 부흥하기 위해 무섭게 포효했다. 어흥!
나를 제외한 모두가 정색을 하더니 식판에 고개를 떨구고 밥을
먹기 시작했다.

— 지옥행 셔틀버스 간만에 운행해 보려는데, 어때? 같이 운전대 좀 잡아
보겠어?

이딴 문자에 응답하는 게 아니었는데 머리보다 손이 빨라서 어
쩔 수 없었다. 약속 장소로 나가니 권승재가 이미 나와 있었다. 바
지 주머니에 손을 찌른 채 뭔가를 씹어 먹고 있었다. 그림으로 보
자면 딱 양아치 같았다.

"안 늦었네. 난 또 지옥행 셔틀버스가 겁나서 안 나오는 줄 알았
지."

녀석이 밀크캐러멜 하나를 내밀었다. 덩칫값 못 하고 손톱만
한 캐러멜이라니. 나는 순순히 받아서 입에 넣었다. 달짝지근한
맛이 혀에 달라붙었다.

"이한조, 권승재! 같이 가!"

지승현이 숨을 몰아쉬며 달려왔다. 권승재가 날 쏘아보더니 혹
은 왜 달고 오냐고 면박을 줬다. 나는 어깨를 으쓱했다. 맹세코 지

승현에게 우리 약속을 말한 적이 없었다. 너 나 할 것 없이 우리 둘이 노려보자 지승현이 순순히 고백했다.

"한조한테 전화했더니 약속 있다기에 혹시나 해서 몰래 기다렸어."

"하, 지승현! 많이 컸다, 너. 잠복도 할 줄 알아, 어?"

권승재가 비아냥거렸다. 못마땅해하는 권승재의 표정에 지승현은 기가 죽은 듯했다. 나는 권승재 손에서 밀크캐러멜을 빼앗아 지승현에게 건넸다.

"너도 이거 먹어. 대신 우리 일에 끼어들지 마, 절대. 정 끼어들고 싶으면 숨어서 찍어, 뭐든. 가자."

우리는 한 팀이었다. 이렇게 된 이상 입씨름할 시간이 없었다. 눈치를 보던 지승현의 얼굴이 환하게 변했다. 최신형 휴대폰을 꺼내 들더니 "1억 800만 화소야. 아주 기가 막히게 찍어 줄게"라며 자신만만해했다. 지승현의 말을 신호탄 삼아 우리는 약속이나 한 듯 일렬로 서서 장애물을 피하고 횡단보도를 건너며 놈들을 향해 전진했다. 우리의 표정이 비장했는지, 해맑았는지는 알지 못했다. 그러나 각오만은 대단했다. 〈마블〉 시리즈의 슈퍼히어로는 아니었지만 김윤기가 저렇게 누워서 바보 취급을 받게 할 수는 없다는 생각에 우리는 없던 에너지까지 끌어모을 참이었으니까.

"권승재, 작전 내용은 알려 줘야 하는 거 아냐?"

언덕배기 위쪽 건물을 올려다봤다. 권승재는 2층 당구장에 너

석들이 있다고 확신했다. 지승현까지 한술 더 떠서 놈들이 곧 나올 거라고 확신했다. 휴대폰으로 인스타그램을 재차 확인한 지승현은 무리의 당구 스코어까지 맞출 기세였다.

언덕 위 건물을 힘주어 노려보며 권승재가 푸념했다.

"아이 씨, 젠장. 고지전도 아니고 저 새끼들 하필이면 저딴 당구장엘 가."

"권승재, 내가 지옥행 셔틀버스 운전할까? 자신 없으면 빠지든지."

내 한마디가 자존심을 건드렸는지 녀석의 미간이 인정사정없이 구겨졌다. 녀석이 날 향해 눈을 부라렸다. 천천히 건물을 향해 발걸음을 옮기는데 놈들이 당구장 건물에서 쏟아져 나왔다. 우리보다 하나 많은 셋이었다.

바로 놈들을 가격하려는데 권승재가 내 팔을 움켜잡았다. 악력이 내 상상보다 훨씬 셌다.

"이한조, 네가 생각하는 그런 지옥 아냐."

"그럼?"

"너, 맷집 좋지? 묻지도 따지지도 말고 무조건 맞아."

무리가 우리를 스쳐 지나갔다. 우리와 놈들의 지리적 위치가 바뀌었다. 고지전을 할 수 없다는 권승재의 푸념이 이것인가? 나는 실소를 금할 수가 없었다. 우리를 스치고 지나간 놈들을 향해 돌아서더니 권승재가 큰 소리로 불렀다.

"야!"

걸음을 멈추지 않는 놈들을 향해 권승재가 한 번 더 외쳤다.

"야, 양아치 어린이! 네 이노옴들!"

그제야 놈들이 가던 길을 멈추고 우리를 향해 다가왔다.

"니들 때문에 내가 스타일을 좀 구겼어. 선수를 쳤어야 하는데…… 좋아하는 애 앞에서 내가 좀 부끄럽게 됐어. 후지게 말이야."

권승재가 말하는 스타일이 이토록 모호하고 짜증스러운 줄 예측하지 못했다. 그리고 놈들에게 단번에 먹혀들었다. "뭐라는 거야, 이 새끼!" 한마디 내뱉던 애는 말을 채 끝내기도 전에 권승재에게 주먹을 뻗었다.

"오케이, 게임 스타트!"

놈의 선방을 신호로 권승재가 속절없이 맞았다. 무리 중 우두머리로 보이는 녀석의 주먹질에 권승재가 뒤로 넘어갔다.

"네놈이 내 옆구리 작살낸 거 내가 똑똑히 기억한다!"

개싸움은 안 한다던 권승재는 그야말로 개가 되었다. 녀석이 저토록 정의감으로 똘똘 뭉친 인간이었던가?

웃으며 맞는 권승재의 모습에 놀라 한눈팔다가 제대로 한 방 먹었다. 본능처럼 주먹이 나가려던 순간, 권승재와 시선이 얽혔다. 나는 눈을 감았다. 수년 전, 그날이 파노라마처럼 스쳐 갔다.

"네가 사실대로 말하면 될 일이잖아. 그 새끼들이 괴롭힌 걸 왜 똑바로 말 안하냐고!"

나의 다그침에 박태영은 나와 시선을 마주하지도 못하고 중얼거렸다.

"나만 입 다물면 다시는 안 괴롭힌다고 약속했어."

박태영이 빵 셔틀에서 벗어난다고 해도 또 다른 누군가가 새로운 희생자로 등극될 것이다. 왜 당하기만 하는 것일까. 왜 피해 사실을 숨기려고만 하는 것일까. 사실대로 말하면 악순환이 계속된다고? 아니다. 밟아도 꿈틀하지 않고 계속 묵묵히 밟히니까 벌레 취급을 받는 것은 아닐까? 손을 내밀었는데 왜 그 손을 잘라 버린 것이지?

"고생했다, 이제 가자."

권승재가 등 뒤에서 날 일으켜 세웠다. 숨이 턱까지 차올랐다. 온 삭신이 쑤셨다. 권승재가 상의를 걷어 올려 자신의 옆구리를 보여 주었다.

"봤지? 이거 딱 고소 각이네 상해치사로. 한조, 너도 좀 보자. 난 옆구리에 구멍도 났고, 오늘은 우리가 일방적으로 맞았으니까, 피해자지."

막힘없이 술술 설명하는 권승재의 모습에 경악을 금치 못했다. 권승재가 손짓하자 건물 옆 헌 옷 수거함 뒤에 숨어서 촬영하던 지승현이 나타났다. 지승현이 휴대폰을 흔들며 오케이 사인을 보냈다.

"지승현, 제대로 찍었지?"

"물론이지."

눈을 맞은 자리가 부어오르기 시작했다. 시야가 조금 흐릿했다. 부어오른 눈을 치켜뜨자 권승재가 날 보고 씩 웃었다.

"집에 가자. 소독약 사서 바르고 밴드 꼭 붙여, 어?"

"이게 네가 말한 그 지옥행이냐?"

나는 권승재의 이 말도 안 되는 작전에 어처구니가 없었다.

"맞아. 보현 스님한테 큰 깨달음을 얻었지. 그래서 정정당당하게 맞은 거지."

이건 또 무슨 헛소린가. 권승재는 보현 스님이 늘 장난처럼 하던 말을 읊었다.

"누구나 그럴싸한 계획을 가지고 있지, 처맞기 전까지는."

헛웃음이 터졌다. 지승현이 곁에 와서 날 부축했다. 권승재도 질세라 내 옆에 와서 어깨동무를 했다. 오른쪽엔 권승재가 왼쪽엔 지승현이, 골목을 걷는 기분이 제법 홀가분했다. 다리가 부러진 것도 아닌데 둘은 양쪽에서 나를 부축하느라 야단이었다. 그 모습이 나쁘지 않았다. 나는 "아아" 신음 소리까지 내면서 녀석들에게 내 무게를 더 실었다. 날아갈 듯한 기분이었다.

"그런데 이한조, 너 눈 빠지는 거 아냐?"

권승재가 불길한 소리를 했다. 그러더니 권승재와 지승현, 둘이 약속이나 한 것처럼 동시에 걸음을 멈췄다. 지승현이 날 권승재에게 떠맡기듯 던져 놓더니 차도 쪽으로 가서 택시를 잡았다.

"어서 타! 병원 가자."

눈두덩이가 점점 부풀어 시야가 흐릿했다. 머리에서 열도 나는 것 같았다. 나는 등받이에 몸을 기대고 눈을 감았다. 부은 눈 때문에 나머지 멀쩡한 한쪽도 덩달아 똑바로 뜰 수 없는 기분이었다. 오후 햇살이 이마를 어루만졌다. 몸이 나른해지는 것이 잠이 쏟아지려고 했다. 택시 안에 흐르는 나직한 가요가 자장가처럼 귓가에 파고 들었다.

"지승현, 이래저래 고맙다."

낯간지러운 발라드 가사를 헤치고 권승재가 지승현에게 말을 걸었다. 눈 때문에 지금 지승현의 표정이 어떤지 살펴보고 싶은 마음을 겨우 억눌렀다.

"내가 뭘……. 얻어터진 건 너흰데."

"하하. 많이 컸네, 지승현. 어쨌거나 네가 정보도 알려 주고 증거도 모아 주고 큰 힘이 됐어. 고맙다."

그 말을 끝으로 다시 택시 안에는 침묵이 흘렀다. 라디오에서 발라드 가수는 클라이맥스를 향해 혼신을 다하고 있었다. 권승재가 지승현을 향해 낮지만 분명한 목소리로 제 마음을 전했다.

"그동안 미안했다. 정식으로 사과할게. 지승현, 내가 잘못했어."

침묵이 흐르고 노래가 끝났다. 곁에 앉은 지승현의 작은 한숨이 느껴지는 순간, 작지만 확신에 찬 목소리가 들렸다.

"응, 앞으로 잘 지내자."

지승현은 '괜찮아'라는 대답 대신 '응'이란 대답으로 권승재의 사과를 받아들였고 '앞으로 잘 지내자'라는 말로 새로운 관계를 제안했다. 겁먹지 않고, 회피하거나 물러서지 않고 새롭게 전진하자는 제 뜻을 똑똑히 밝힌 것이다.

"승현아, 이거 하나 먹을래?"

"밀크캐러멜이네. 고마워."

부스럭거리는 캐러멜 포장지 벗기는 소리가 들렸다. 오후의 햇살이 이마를 타고 흘러 입가를 부드럽게 어루만졌다. 입술 끝에 자꾸만 미소가 맴돌았다. 곁에서 밀크캐러멜의 단내가 훅 밀려들었다. 달콤한 냄새가 택시 안에 스며들었다.

혼자 가도 괜찮다고 했는데도 아빠는 기어이 점심시간에 학교까지 찾아와서 담임을 만나 조퇴증을 받았다. 아빠와 치료를 받으러 병원으로 향했다.

"로비에서 기다릴 테니까 진료 받고 와."

병원 복도에 앉아 멍하니 벽을 바라봤다. 부었던 눈은 하마터면 시력을 잃을 뻔했다. 게다가 눈가 위쪽이 찢어져 다섯 바늘이나 꿰맸다. 권승재는 잃을 게 별로 없는 얼굴이라 신경 쓸 필요 없겠다며 내내 놀려 댔다.

권승재의 지옥행 셔틀버스 사건으로 나는 뜻밖의 사실을 알게 되었다. 권승재의 큰아버지가 유명 로펌의 대표라는 것. 권승재가 우리를 이렇게 만든 놈들을 고소하겠다고 말하자 그분은 김윤기 사건부터 차분히 듣더니 우리에게 이렇게 말했다. 세상에는 다양한 방식의 정의가 존재한다고, 그 정의란 것이 읽는 사람의 위치에 따라 해석이 달라질 수는 있겠지만 적어도 정의의 근본적인 성격이 변질되어서는 안 된다고.

"그래서 너희의 선택은 무엇이니? 너희가 엉망으로 얻어맞은 사건과 김윤기라는 친구의 사건 중에 나는 하나만 도와줄게. 선택해 봐라."

권승재와 지승현이 대답하기도 전에 내 입에서 "김윤기를 부탁드립니다"라는 말이 튀어나왔다. 내 선택에 권승재는 그 어떤 푸념도 하지 않았다. 집으로 가는 길에 "너, 아무래도 병원 가서 눈가 꿰매야겠다" 같은 소리를 세 번이나 했을 뿐이다. 이걸 우정이라고 불러도 좋을까.

진료실에 들어가 간단히 주의 사항을 듣고 눈 검사를 받았다. 다행히 상처가 잘 아물고 있다는 의사의 말에 적잖이 안도했다.

어제 오후, 크리커가 울었다. 찔찔 짜는 것 말고 소리 내어 목청껏 울었다. 일각암 텃밭에서 함께 잡초를 뽑고 있었는데 쪼그려 앉은 크리커의 등 뒤로 온전한 퍼즐이 생겼다.

"거봐, 이한조. 너, 내 보호 대상 맞잖아."

"그래."

"네가 좋은 사람으로 잘 나아가고 있다는 증거야. 내 퍼즐이 이렇게 말해 주고 있잖아."

항상 곁에 있었던 것처럼 작고 짙은 그림자가 크리커 등 뒤에 매달려 있었다. 크리커는 상처 난 내 얼굴을 빤히 보더니 또다시 울음을 터뜨렸다. 이 때문에 나는 보현 스님에게 욕을 장난 아니게 먹었다. 사정을 설명하기도 전에 스님이 크리커를 안고 있는 날 봤기 때문이었다.

"너, 이놈 자식! 애를 울려 놓고 입막음하려고 그렇게 꽉 끌어안고 있어? 썩 놓지 못해! 안 놔?"

보현 스님 수준이 참으로 안타까웠다. 위로의 교본과 같은 자세를 몰라보고 입막음하려고 끌어안는다니.

시간이 지나면 눈가의 멍 자국은 희미해질 것이다. 병원 로비로 나가자 아빠와 크리커가 나란히 앉아 있는 모습이 눈에 들어왔다.

"전화 왔길래 내가 이리로 오라고 했다. 셋이 다 같이 밥 먹게."

그제야 아빠 손에 내 휴대폰이 있다는 걸 깨달았다.

"크리커도 족발 좋아한다더라."

거리로 나와 근처 족발집을 찾아 헤맸다. 손안에 휴대폰이 있었지만 그 누구도 지도 앱을 사용하지 않았다. 발길 닿는 대로 걸어 '원조족발'이라는 간판이 내걸린 가게로 들어갔다. 거리를 오가는 사람들을 보고 있는데 문득 그런 생각이 들었다. 크리커가 갑자기 사라지면 어쩌지? 이제 퍼즐이 온전해졌으니 크리커는 자신의 세상으로 돌아갈 일만 남은 것이다.

해가 지지도 않았는데 아빠가 막걸리를 시켰다. 엄마가 곁에 있었다면 낮술이라며 좋아했을 것이다. 밤막걸리였다, 엄마가 좋아하던. 나는 묵묵히 아빠의 잔에 막걸리를 따랐다. 아빠는 말없이 잔을 받았다.

"크리커 덕분에 한조가 달라졌어. 고맙다."

크리커는 가만히 웃었다. 서로 말은 하지 않았지만 우리는 알고 있었다. 조만간 헤어질 수 있다는 것을. 주문한 족발과 막국수가 나왔다. 우리는 예전에도 그랬고 앞으로 맞이할 날들도 그럴 것처럼 아무렇지 않게 이런저런 흔해 빠진 이야기를 떠들어 댔다.

"막국수가 정말 맛있어요, 조금 맵지만."

크리커의 말이 신호탄이라도 된 듯 아빠와 내 젓가락이 막국수로 향했다. 자리에서 일어섰을 때 막국수 그릇이 깨끗이 비워져 있었다. 대리 기사를 기다리는 동안 아빠는 취한 듯 노래를 불렀다. 가로수에 기대어 흥얼대는데 전혀 창피하지 않았다. 엄마가 곁에 있었더라면 분명 화음을 맞추었을 테니까. 비록 두 분 다 음치였지만 상관없었다.

길을 헤매는지 대리 기사에게 전화가 왔다. 아빠 대신 통화를 하는 동안 나는 아빠와 나란히 선 크리커를 바라보았다. 행여 쓰러질까 봐 아빠의 팔짱을 낀 채 조용히 하늘을 올려다보고 있는 크리커. 저 애는 그동안 얼마나 많이 혼자 하늘을 올려다봤을까.

대리 기사가 오고 아빠는 조수석에서 골아떨어졌다. 우리는 뒷자리에 나란히 앉아 창밖을 바라보았다. 김윤기가 떠올랐다. 병원으로 연락해서 아주머니와 통화를 했다. 김윤기가 깨어났다고, 말을 한다고 울먹이는 아주머니의 목소리가 귓가에 맴돌았다.

"크리커, 그동안 널 떼어 내려고 쇼했어."

크리커는 창밖에 시선을 고정한 채 소리 없이 웃기만 했다.

"알아."

여름이 오는 길목이 이렇게 눈부셨었나? 햇살에 드러난 목덜미에 땀이 맺힐 정도로 열기가 느껴졌다. 해가 등 뒤로 넘어가고 그림자가 바닥에 드리워질 시간. 크리커의 퍼즐이 나타났다. 짙고 선명한 제 모습 그대로.

집으로 돌아가는 길, 우리는 말이 없었다. 딱히 할 말이 생각나지 않아서도 아니었고 할 말이 없어서도 아니었다. 모든 것이 조심스러웠다. 언제 가는 거냐고 물으면 당장에라도 크리커가 내 눈앞에서 사라질 것만 같았다. 그렇다고 너희 세계로 돌아가지 말라고 떼를 썼다가는 수호신의 규율에 어긋나는 게 아닐까 걱정스러웠다.

딱 한마디, 제대로 된 한마디를 하고 싶을 따름이었다. 우리의 이별이 슬프지 않아도 될, 완전한 끝을 말하지 않아도 될 말을 머릿속을 헤집으며 찾고 있었다.

"크리커, 엄마가 지금의 날 보면 좋아할까?"

크리커의 입가에 작은 미소가 걸렸다.

"그럼, 잘 컸잖아."

'컸다'라는 말이 주는 느낌이 마치 크리커의 역할이 끝났다는 것 같아서 나는 고개를 저었다.

"아니지. 잘 크고 있는 중이지."

버스 정류장에 내려 우리는 일각암을 향해 걸었다. 크리커의 발아래 나타난 퍼즐은 여전히 또렷한 형태를 갖추고 있었다. 나는 그 그림자가 사라졌으면 하고 마음속으로 바랐다. 일각암이라고 적힌 표지판 앞에서 나는 걸음을 멈추고 머뭇거렸다.

'내일이면 늘 그랬던 것처럼 볼 수 있는 거지? 당장 사라지는 건 아니지? 그러려면 전학 수속을 해야 하는 거 아닌가?'

크리커에게 건넬 말이 너무나 많았다. 차고 넘쳐서 입 밖으로 흘러나와도 좋을 법한데 이상하게 입을 뗄 수가 없었다.

"한조야, 데려다줘서 고마워."

나는 마음속으로 울부짖고 있었다. 고맙긴 뭐가 고마워, 그냥 평상시처럼 '잘 가' 하고 말아! 심호흡을 하고 아무렇지 않은 척 말을 건넸다.

"기다릴게."

'잘 가'라는 평범한 인사를 했다가 내일 크리커를 만나지 못할

경우 후회할 내 마음을 위한 말이었다. '안녕'이라고 완전한 작별 인사를 했다가는 크리커가 정말 영영 돌아오지 않을지도 모른다는 두려움을 감추기 위한 말이었다. 내 속을 들여다본 것처럼 크리커가 다정하게 인사를 받아 주었다.

"응, 정식 수호신이 되어서 다시 돌아올게."

마지막 말은 하지 말았으면. 그러나 크리커는 분명히 말했다. 정식 수호신이 되어서 다시 돌아오겠다고. 나는 그 말의 의미를 똑똑히 이해했다. 그러나 나에게 크리커는 이미 완벽한 수호신이었다. 일각암을 향해 걸어가는 크리커의 뒷모습이 조금이라도 흔들렸다면 그걸 핑계로 달려가 손을 잡아 주기라도 할 텐데, 크리커는 잘 걸어가고 있었다. 그래서 내가 할 수 있는 건 딱 한 가지뿐이었다.

"크리커! 네가 필요해. 적어도 나는 말이야."

아주 잠깐 크리커가 걸음을 멈췄지만 다시 앞을 향해 나아갔다. 크리커의 등을 하염없이 바라보며 나는 혼잣말을 중얼거렸다.

"좋은 어른이 되려면 말이야. 나는 네가 곁에 있었으면 좋겠어. 난, 그래."

일각암으로 올라가는 길, 나는 그 길을 눈으로 따라 걸어 올라갔다. 크리커의 모습이 점점 작아지고 있었다. 그 길을 따라가다 보면 크리커, 너를 만날 수 있겠지? 영원한 열일곱의 모습으로 또다시 내게 와 줄 수 있겠지?

눈앞이 흐려지려는데 제 갈 길을 잘만 가던 크리커가 갑자기 뒤를 돌아봤다. 그리고 환한 얼굴로, 함께 별을 보던 그날의 별보다도 밝은 얼굴로 나를 향해 손을 힘껏 흔들었다. 우리가 처음 만났던 그때, 기절하고 눈을 뜬 순간 날 향해 웃는 얼굴로 제 손을 흔들어 보이던 그 모습 그대로였다.

에필로그

✦
⋮

　괜히 일찍 집을 나섰다. 골목을 벗어나자 사거리 편의점 앞에서 권승재가 튀어나왔다. 그 바람에 앞서 걷던 길고양이가 놀라 담벼락 위로 뛰어올랐다.

　"앗, 깜짝이야! 뭐야?"

　다소 퉁명스러운 내 반응에 녀석이 실망한 눈치였다. 박카스를 내밀더니 얼른 마시란다. 음료를 받아 들고 내가 떨떠름한 표정을 지으니 한다는 소리가 "피로를 회복해야 학교 가서 힘차게 뛰어놀지"였다. 크리커가 옆에 있었다면 녀석의 싱거운 소리를 듣고 소리 내어 웃었을 것이다. 권승재도 나와 같은 마음이었는지 묻지도 않은 제 속내를 꺼내기 시작했다.

　"이한조, 내가 언제 크리커를 좋아하게 된 줄 알아?"

　"아니, 알고 싶지 않아."

시큰둥한 내 반응에 녀석의 인내심이 폭발할 모양이다. 귓불이 빨개지는 것이 눈으로 보였다. 더 놀리려다가 그냥 사실대로 말해 주기로 결심했다. 오늘은 좋은 날이 되기를 바라는 아침이니까.

"야, 권승재. 말 안 해도 다 알아."

"뭘 알아?"

"크리커가 너에 대해 얘기해 줬거든."

권승재의 눈빛이 변하는 것을 내가 놓칠 리가 없었다. 호기심과 긴장이 뒤섞인 눈빛이 짙어지는 것을 바라보며 나는 내가 들은 이야기를 하나씩 풀어놓았다.

남몰래 아이들을 돕는, 그래 놓고 아무것도 모르는 척하는 권승재. 그것이 크리커가 본 권승재의 진짜 모습이었다. 크리커가 권승재를 혼자서 대면하게 된 것은 상가 건물이 즐비한 뒷골목이었다고 했다. 쓰레기통 근처를 배회하는 노숙자에게 횡포를 부리는 무리 중 하나를 손보는 것을 목격했다고 했다. 놈들을 쫓아내고 편의점에 들어가 김밥과 음료수를 노숙자의 품에 던지듯 떠안기다가 크리커와 눈이 마주친 녀석은 늘 그렇듯 까칠하게 굴었다.

"왜? 나보고도 양아치라고 하게? 깡패라고 욕이나 하시지."

"내가 왜 그래야 해?"

크리커는 자신의 반응에 아마도 권승재가 살짝 당황했을지 모르겠다며 조용히 웃었다.

"어?"

"넌 그냥 나쁜 놈 흉내만 내는 거지, 진짜 나쁜 놈이 될 생각은 1도 없잖아."

길고양이에게 먹이를 주고 버스 정류장 종점에서 내린 할머니의 짐을 들어다 주는 권승재. 파지 줍는 노인의 수레를 대신 끌어주는 권승재. "네 입으로 폈으면 네 손으로 갖다 버려라"라며 담배 꽁초를 버리는 대학생들에게 욕지거리를 하는 권승재.

나는 권승재를 물끄러미 보며 크리커가 했던 말을 전했다.

"크리커는 그런 권승재가 참 괜찮아 보였대. 그래서 친구가 돼서 든든했다더라."

침을 삼키는 권승재의 목젖이 떨리는 게 훤히 보였다. 이야기를 듣는 내내 긴장했구나. 녀석도 나처럼 변했구나. 크리커를 만나서 더 단단해지고 괜찮은 사람으로 변했구나.

"아이 씨! 걔는 그런 얘기를 나한테 직접 하지 뭣 하러 너한테……. 먼저 간다! 가서 직접 확인해야겠어."

권승재가 쏜살같이 뛰어갔다. 학교를 향해 전력 질주로 달려가는 녀석의 뒷모습을 보며 나는 오늘도 평소와 같이 "안녕" 하고 인사하는 크리커를 만날 수 있기를 빌었다.

멀리 학교 교문이 시야에 들어왔다. 횡단보도를 건너려는데 "한조야!" 내 곁으로 지승현이 다가왔다. 걷던 속도를 살짝 늦춰 지승현을 기다렸다. 어깨를 나란히 하고 길을 건넜다.

"한조야, 너한테 할 말이 있어."

나는 지승현을 돌아보았다. 지승현이 머뭇거리며 바지 주머니에서 꺼낸 반짝이는 물건 하나가 내 손바닥 위로 넘어왔다.

　"진즉에 줬어야 했는데……. 그날, 네가 나 때문에 싸우다 기절했는데 돕지 못했어. 미안해. 네가 있던 자리에 이게 떨어져 있었는데 그동안 건네줄 용기가 없었어. 미안해."

　크리커였다, 엄마의 크리커. 차가운 금속성의 크리커를 손에 쥐는 순간, 다시 희망이 차올랐다. 어쩌면, 어쩌면 나의 수호신 크리커가 이미 교실에 와 있을지도 모른다는 생각에 발걸음이 점점 더 빨라졌다.

고2 때였던가? 모의고사를 대차게 망치고 집으로 돌아가는데 그날따라 날씨가 기가 막혔다. 너무나 눈부셨다. 내 시선이 가닿는 곳마다 어찌나 빛나던지……. 시험 하나를 망치고 나니 그동안 미처 눈치채지 못했던 세상의 아름다움이 내게 기습적으로 다가온 느낌이었다. '기브 앤 테이크'라고 봐야 하나? 발걸음이 가벼웠다.

'이 점수를 받고도 이런 속도와 이 정도 경쾌함이라니! 흠, 아무래도 수호신이 있나?'

나는 웬만한 일에는 크게 놀라지 않는 십 대였다. 내일 지구가 멸망한대도 그냥 평소에 하던 일을 쭈욱 할 인간이 있다면 바로 나일 것이다. 나를 지켜 주는 수호신이 있을지도 모르겠다고 생각한 것이 바로 그날이었다. 집으로 돌아가는 내내, 나만의 수호신은 어떤 존재일까 상상했다.

'평범한 또래였으면 좋겠어.'

애당초 슈퍼히어로는 별로 좋아하지 않았다. 뭐가 되었든 애쓰고 땀 흘리고 노력해서 얻는 것이 마음 편했다. 그래서 나의 수호신은 나처럼 무슨 일에든 발버둥 치면서 수많은 시행착오 끝에 원하는 것을 손에 거머쥐고 '오오, 드디어 해냈군!' 하며 스스로를 자랑스러워하는 존재였으면 싶었다.

실수하거나 간혹 실패를 해도 '이렇게 떨떨할 수가! 앞으로 더 망칠 일은 없겠어'라고 스스로를 믿는 멘털의 소유자라면 더 반갑겠다. 수호신이라면 무엇을 하던 나와 함께해야 하니까 건강한 육체, 건강한 정신도 필요충분조건이 아닐까. 서로가 서로를 지켜주려면 몸도 마음도 천하무적이었으면, 하고 욕심을 냈다.

'좋은 사람이었으면 좋겠는데……. 그런데 수호신이 꼭 사람이어야 할까?'

당시 『세계 신화 이야기』에 심취해 있던 나로서는 수호신의 생김새가 꼭 인간의 모습을 하고 있을 필요는 없지만 적어도 좋은 성품을 가진 존재이기를 바랐다. 뿔이 달려도 좋고, 날개가 있어도 상관없고, 눈이 하나이거나 다섯 개여도 신경 쓰지 않을 자신이 있었다. 다만 응원을 잘해 주는 존재였으면 했다. 나도, 내 주위 사람들도, 나와 관련된 모든 사람을 있는 힘껏 응원해 주는 수호신이라면 최고일 것 같았다.

열여덟, 살면서 누군가의 응원이 절실하다고 생각해 본 적도 없었으면서 왜 그런 바람을 가졌는지 지금도 의문이다. 그러나 살다 보니 누군가의 응원이 비틀거리는 나를 다시 꼿꼿하게 세울 수 있는 엄청난 힘을 가졌음을 확인할 때가 있었다.

그런데 이 사실을 잊고 살았다.

크게 삐끗한 사건 하나로 허우적거리다가 문득, 열여덟 나 혼자 꿈꿨던 수호신이 스윽 다가왔다. 그렇게 '크리커'가 내게 왔다. 나는 일말의 양심을 가지고 내게 찾아온 크리커에게 미리 알려 줬다.

"너, 내 옆에 있으면 힘들지도 모른다. 괜찮겠어?"

크리커의 대답은 이 책을 읽는 여러분에게 맡기겠다. 크리커의 대답을 상상하는 사이, 여러분의 곁에도 '나를 지켜 주는 수호신' 이 나타날 수도…….

으랏차차, 이송현

나의 수호신 크리커

© 이송현, 2021

초판 1쇄 발행일 | 2021년 8월 30일
초판 3쇄 발행일 | 2023년 5월 29일

지은이 | 이송현
펴낸이 | 정은영

펴낸곳 | (주)자음과모음
출판등록 | 2001년 11월 28일 제2001-000259호
주   소 | 10881 경기도 파주시 회동길 325-20
전   화 | 편집부 (02)324-2347, 경영지원부 (02)325-6047
팩   스 | 편집부 (02)324-2348, 경영지원부 (02)2648-1311
이메일 | jamoteen@jamobook.com
블로그 | blog.naver.com/jamogenius

ISBN 978-89-544-4753-9 (43810)

잘못된 책은 교환해 드립니다.
저자와의 협의하에 인지는 붙이지 않습니다.

• 이 책은 서울특별시, 서울문화재단 '2021년 창작집 발간 지원사업'의 지원을 받아 발간되었습니다.